한림신서 일본현대문학대표작선 ❻

섬의 끝

SHIMA NO HATE, YUME NO NAKA DENO NICHIJŌ,
ASUFARUTO TO KUMO NO KORA,
SHUTSU KOTŌKI, SHUPPATSU HA TSUINI OTOZUREZU,
by SHIMAO Toshio
Copyright © 1948, 1948, 1949, 1950, 1962, by SHIMAO Miho
Originally published in Japan

한림신서 일본현대문학대표작선 ❻

섬의 끝

시마오 도시오 지음 · 김현희 옮김

小花

섬의 끝
한림신서 일본현대문학대표작선 ❺

초판인쇄 1998년 6월 20일
초판발행 1998년 6월 30일

지은이 시마오 도시오
옮긴이 김현희
발행인 고화숙
발 행 도서출판 소화
등 록 제13-412호
주 소 서울시 영등포구 영등포동 94-97
전 화 677-5890, 636-6393
팩 스 636-6393

ISBN 89-85883-94-1
ISBN 89-85883-75-5 (세트)
잘못된 책은 언제나 바꾸어 드립니다.

값 5,500원

차례

역자의 말 · 7

꿈속에서의 일상 · 13

섬의 끝 · 44

아스팔트와 거미 새끼들 · 83

출고도기(出孤島記) · 108

출발은 결국 찾아오지 않았다 · 183

역자의 말

이 책은 島尾敏雄(시마오 도시오, 1917~86년)의 5개 작품을 번역한 것이다. 그중 「섬의 끝」, 「출고도기(出孤島記)」, 「출발은 결국 찾아오지 않았다」 등은 『筑摩日本文學全集 32』(筑摩書房, 1992)에서, 그리고 「꿈속에서의 일상」, 「아스팔트와 거미 새끼들」은 『新日本文學全集 28』(集英社, 1964)에서 각각 발췌, 번역한 것이다.

시마오 도시오는 일본의 전후 대표 작가의 한 사람으로서, 그의 작품은 세 가지 계열로 나누어 볼 수 있다. 하나는 이 책에 실린 「꿈속에서의 일상」 같은 투명감 있는 심층의 충실한 보고문학으로서의 '꿈의 계열'이고, 또 하나는 「출고도기(出孤島記)」 같은 '전쟁문학', 그리고 이 책에는 실리지 않았지만, 「죽음의 가시」 같은 '病妻 이야기' 등이 그것이다. 이 책에 실린 작품들은 「꿈속에서의 일상」만 제외하고 모두 전쟁문학에 속한다고 할 수 있다. 따라서 그의 작품 세계를 이야기하기 위해서는 그의 생과 관련한 특이한 체험과 '전후'라는 시대를 빼놓고는 이야기가 불가능할 것 같다.

그럼 그의 특이한 체험이란 어떤 것인가. 이 책을 읽는 독자, 특히 전쟁을 체험하지 않은 젊은 독자를 위해 이 책에 실린 작품의 배경이 되는 당시의 상황에 대하여 약간의 설명이 필요하리라 생각한다.

시마오 도시오는 1917년 요코하마(橫浜)에서 태어나 견직물 수출상을 경영하는 부친의 사업관계로 8살 되던 가을에 고베(神戶)로 이주하여 縣立第一神戶商業, 長崎高等商業을 거쳐 1940년 九州帝大 法文學部에 입학했으나, 다음해 41년 12월에 태평양전쟁을 맞이한다. 1943년 9월 말, 대학을 졸업하자 친구의 권유로 제3기 해군 예비학생을 지원, 일반병과에 채용되어 旅順해군 예비학생 교육부에 들어간다. 44년 2월에 제1기 어뢰정 학생이 되고, 5월에는 특공요원으로 결정되며, 10월에 제18기 震洋隊(대원 183명) 대장이 되어 아마미(奄美) 제도 가게로마(加計呂麻)섬의 노미노우라(呑之浦)에 기지를 설치하고 대기 상태로 패전을 맞이한다.

해군 예비학생이란 전쟁이 시작되던 해 10월에 간부요원 보충을 위해 창설된 신제도로, 및 고교·전문대 졸업자로서 비행과, 일반병과, 주계과 등 해군 각과 예비원을 지원하는 자 중에서 선발되었고, 신분은 준사관 대우였다. 기초교육, 전문교육을 합해서 약 1년 간의 과정을 수료하고 소위로 임관되었다.

당시 시마오가 맡고 있던 일명 자살정이라 불리는 함정은 시마오 자신의 말에 의하면, "길이 5m, 폭 1m 정도의 비행기 엔진을 단 보트로, 그 뱃머리에 230kg의 작약(炸藥)을 장치하고 단 한 명의 탑승원과 함께 적의 함선에 맞서 싸우기 위해 고안된 특공병기"였다. 그것은 "방비대에 있는 사령관으로부터 '특공전'이 발동되어 '發進'이 지시되면 주어진 상황에 따라 적의 함선에 맞서 싸우기 위해 출발해야만 하는" 사명을 띠고 있었다.

1945년 8월 13일 저녁 무렵, 특공전이 발동되어 대원들은 죽을 준비를 하고 발진 명령을 기다렸으나 출발은 결국 찾아오지 않은 채 하룻밤이 지나고 다음날 "14일은 비행기도 보이지 않고 즉시대기 상태로 이상한 공허에 빠져 있었다. 그런데 방비대로부터 15일 각 파견부대 지휘관 집합이 전달되고", 이날 무조건 항복으로 전쟁이 끝났다는 소식이 전해졌다. 특공대장으로서 죽음에 직면하여 그 죽음으로부터 기묘한 형태로 갑자기 해방되어 문자 그대로 구사일생으로 살아남은 이 특이한 전쟁 체험이 이후 그의 문학을 근저에서부터 결정짓고 있다고 해도 과언이 아닐 것이다.

일본의 전후라는 시대는 언제 시작되고 언제 끝나는가, 하는 것은 학자들 사이에서도 꽤 논쟁거리가 되는 문제이다. 여기서는 1945년에서 1955년까지의 약 10년 간을 전후로 보기로 한다. 일본의 『경제백서』(1956. 7)가 "이제 戰後가 아니다"라고 제창한 시기를 전후의 한 전환점으로 생각한 것이다.

그럼 전후문학이란 무엇인가. 넓은 의미로는 전후의 문학 일반을 가리키고, 좁은 의미로는 '전후파' 문학을 가리킨다고 할 수 있다.

그럼 또 '전후파' 문학이란 무엇인가. 전후라는 시대가 있으면 전전 또는 전중이라는 시간대가 있게 마련이다. 일본의 戰前(또는 戰中) 시대는 초국가주의・군국주의를 향해 치닫던 시대로, 전쟁과 전시통제하의 시대였다. 사회도 생활도 문화도 그러한 시대의 중압에 눌리어 어두운 골짜기를 지나오던 시대라고 할 수 있다. 문학도 그 예외일 수는 없었다. 문학자도 독자도 모두 전쟁터에 나가든 나가지 않든 그 전쟁의 피해를 입는 것은 마찬가지여서, 1945년 패전 무렵에는 문학은 거의 공백 상태에 들어간다.

패전과 동시에 일본은 미군이 점령하면서 민주주의・자유주의 물결이 밀려 들어와 그 해방감 속에서 문학은 전전의 공백과 정체, 후퇴에서 하루 빨리 벗어나려는 폭발적인 움직임을 보인다. 일종의 문예부흥적인 양상을 드러내는 것이다. 여기에 바로 전후라고 하는 시대의 신문학 운동의 기수, '전후파' 문학이 등장하는 것이다.

그중의 한 사람으로서 시마오는 자신의 특이한 체험, 즉 전쟁은 해 보지도 못하고 전쟁이 끝나 버렸다고 하는 기묘한 생의 체험을 바탕으로 그는 문학활동을 시작하는 것이다. 그러나 그의 작품들은 단순한 체험의 기록이나 생활의 보고로 끝나는 것이 아니라, 시시각각 주어지는 하나하나의 현실에 대해 심하게 흔들리는 자신의 의식의 진실을 확인하고 그것을 가능한 한 정확하고 보편적으로 파악하는 데 목적이 있었다. 즉, 시마오 자신이 말하는 "나를 엄습해 오는 현실 속에서" 손에 잡혀 오는 "정체를 알 수 없는 것"에 대한 끝없는 추궁이라고 할 수 있다. 그것은 다름아닌 '죽음' 또는 '죽음을 내포한 생'의 진실인 것이다.

끝으로 아직 여러 가지로 미숙한 저에게 시마오 도시오의 번역을 해 보라고 격려해 주신 한양대학교의 윤상인 교수님, 그리고 지명관 소장님을 비롯한 한림대학교 일본학연구소 관계자 여러분, 그 외에 출판사 관계자 여러분께도 감사의 말씀을 올리고 싶다.

1997년 8월

김현희

꿈속에서의 일상

 나는 슬럼가에 있는 자선사업단 건물 안으로 들어갔다. 그 건물 옥상에서 불량소년들이 집단생활을 하고 있다는 소문을 듣고 나도 그들 패거리에 입단하려고 마음먹었기 때문이다. 그들은 모두 나보다 12년이나 젊은 신세대들로 그들과 똑같은 기분으로 생활할 수 있다고 생각한 것은 아니다. 단지 나는 최근 나 자신을 소설가로 한정했기 때문에, 말하자면 그 이외의 다른 바람이 없어진 것처럼 착각한 것이다. 결국 나 스스로 자신을 소설가라고 생각하는 데 성공했다. 그런데 세간에서 나는 소설가로 통용될 수 없었다. 나는 아직 한 번도 작품을 완성한 적도 발표한 적도 없었으니까. 다만 오랫동안 작품을 완성하려고만 했을 뿐 완성한 적은 없다. 나는 중학교에 다닐 때부터 쭉 변절자로 통하여 남들이 보기에는 언제나 불안과 초조에 떠는 것처럼 보였다. 그것은 나 자신이 분명히 소설가가 될 거라는 것을 남들에게 표현하는 것을 쑥스러워했기 때문이다. 나 자신이 앞으로 어떻게 될지 아직 모른다고 생각했기 때문이다. 그런데 서른을 넘어서도 뭐 하나 제대로 할 줄 아는 것이 없다는 것을 알았을 때 나는 전율을 느꼈다. 이렇게 모든 것들이 진보하고 발전한 이 세상에서 내가 할 줄 아는 것이 아무것도 없다는 것은 오히려 죄악이라는 생각까지 들었다. 여러 가지 고민 끝에 아무튼 나 자신도 30년 가까이 세상을 살아 왔으니까 그중 뭐가 하나는 기술다운 것을 습득했을 거라는 생각을 하게 되었다. 그리고 그것이 소설을 쓰는 것으로 일단 안심이 된 것이다. 그래서 하나의 작품을 완성하는 데 착수했다. 그러자 표현이라는 문제가 나를 중압해 와 나는 자신의 기술을 거의 포기해 버렸다. 그러나 그것에 대해 때로는 절망이라고 말하면서도 식사를 하고 잠을 자고 배설을 하고 그 사이에 펜글씨로 메운 원고지를 하나 둘 쌓아 갔다. 그렇게 1년을 보냈다. 그리고 완성된 것은 단 120장뿐이었다. 나 스스로가 다시 읽어 봐도 그것은 매우 불명료한 것이었다. 단순히 글자만 나열해 놓은 것이지 신의 은총도 악마의 가담도 느낄 수 없었다. 문자의 집적이라는 면에서도 빈약하다. 그런데 그 120장이 누군가에게 팔리게 되었다. 그런 일이 있을 수 있을까. 그것은 일종의 우연이 아닌가 하고 의심했을 정도다. 물론 대단한 일은 아니다. '자네 말이야, 그것은 한 잔의 칼피스야' 하고 가르쳐 주는 사람이 있었다. 그리고 또 그것을 내게 연결해 주는 사람도 있었다. 그리고 그것을 나도 점점 믿게 되었다. 그 일과 어떤 관계가 있는지 잘 모르지만, 그와 동시에 나는 자신을 소설가로 몽상하기 시작했다. 원고료는 어느 정도 받고, 또 내가 쓴 것은 비평가들에게 주목을 받아 나는 기술을 가진 어엿한 한 사람으로서 우선 가까운 가족부터 나를 신용하기 시작하여 마침내 세상이 나를 알아 주게 될 것이다. 그런데 나는 내 표현의 원천을 120장에 몽땅 팔아 넘긴 후에 쓸 것이 아무것도 없다는 걸 깨달았다. 아무래도 그 쓸 것을 다시 충전하지 않으면 안되는 입장에 서게 되었다. 그러나 나는 여러 출판사와 잡지사로부터 유명한 사람처럼 주문이 쇄도한 것은 아니다. 나 스스로 자신을 안주하지 못하게 채찍질한 것뿐이다. 그런 기분일 때 이상하게 내게는 암시적인 하나의 영화 한 편을 보았다. 영화의 주인공은 이제 막 제1작이 발표된 애숭이 소설가인데 그 다음에 쓸 것이 없어져 버린 것이다. 그리고 표현을 연마하는 외롭고 고된 길을 견디지 못하고 술잔 속에 빠져 버린다는 이야기였다. 그런 일은 없을 거라고 나는 생각했지만, 나태의 달콤함이 손짓을 해 와 그 유혹을 뿌리치지 못할 때 술은 나를 유혹하려고 다가왔다.

그래서 나는 그것에 저항이라도 하듯이 컨디션이 좋은 날

슬럼가에 찾아온 것이었다.

나도 그들처럼 불량소년단의 일원이 되어 소매치기나 강도짓도 직접 해 보고 전쟁 후에 가장 나빠졌다고 하는 스무 살 전후의 소녀와도 사귀어 보고 그녀의 진저리나는 사춘기를 갈취해 버리겠다는 악성 취미로 단단히 무장을 하고 갔다. 나 자신은 소설가라는 안전장치를 달았기 때문에 어떤 일이 있어도 다칠 염려가 없다는 안도감을 갖고 있다고 믿었다. 그렇게 양날의 칼을 빼 들고 있으면 반대로 휴머니즘의 실천자가 된 것 같은 함정도 기다리고 있었던 것이다. 그리고 그 생활의 기록과 픽션은 나의 두번째 작품이 될 것이다. 나는 그 생활에 아직 들어가지도 않았으면서 여러 가지 기대와 계획, 멋진 상상, 구체적인 행동계획 등으로 작품이 완성되기 전부터 이미 완성된 듯한 기분이 조금씩 솟아오르고 있었다. 그것을 표현한다는 것은 사막의 모래를 씹는 것과 같다는 생각에 간헐적으로 뒤통수를 심하게 얻어맞긴 했지만.

그 건물 3층은 전쟁중의 폭격 때문에 철근 콘크리트의 외부만이 겨우 남아 있고, 내부는 방의 벽들이 완전히 날아가 버려 대강당같이 휑했다. 밖으로 비어져 나온 철골이 천장에 매달려 있는가 하면, 콘크리트 조각이 한쪽에 흩어져 있고 유리는 하나도 없었다. 커다랗게 구멍뚫린 창으로는 항구의 배가 눈에 들어왔다. 그런 곳에서 단장이 약 20명쯤 되는 단원을 모아 놓고 집회를 하고 있었다. 그것은 앞으로에 대한 대비책과 배짱이 없는 단원들의 비판, 그리고 추적에 대한 작전 등이 문제가 될 것이라고 생각했다.

나는 참담한 기분으로 무너진 계단을 올라가 조용히 맨 뒤에 서 있었다. 단장에게는 새로 입단해도 좋다는 양해를 미리 얻어 놓았다. 나는 일종의 손님 자격으로, 또 그들 생활의 단면을 소설로 만들어도 무방하다는 보증도 이미 얻어 놓은 상태였다. 다만 나는 그들에 대한 설교자가 아니라 오히려 그들에 가까운 정신상태에 있고 그들과 다른 점은 그들보다 12년 정도 연상이라는 것, 그리고 일찍이 정당한 학문적 교육을 받은 적이 있다는 것뿐이라는 교묘한 위치를 당연히 요구할 수 있었다. 그것은 그들을 포용하는 자선사업단의 성질과도 관련된 것이었다. 나는 그 자선사업단의 성격을 확실히 파악하는 데 곤란을 느낀다. 짐작이 갈 것 같은 느낌도 들었지만, 어딘지 확실하지 않은 부분이 있었다. 내가 알고 있는 그 경영자들 중의 두세 명은 나와는 매우 친한 사이였지만, 솔직히 말하면 서로 마음속으로는 미워하고 있었던 것이다. 그래서 나도 그 시설을 이용하고 있을 뿐이다.

단장은 20세를 갓 넘긴 것으로 보이는 미소년이었다. 그의 태도는 가능한 한 무례하게 행동하여 사람이 다가오지 못하게 하는 무서운 면을 보였으나, 입을 열고 자신을 비판할 때에는 자신이 연약하고 소극적이며 예의범절이나 습관을 무시할 수 없는 구식의 인간이라는 것을 고개를 숙이고 말했다.

그 소년단장이 마침 뭔가 말하려고 할 때였다. 아래층에서 안내하는 사람이 올라와 지금 당신을 찾아온 사람이 있으니 곧 내려와 달라는 통고를 받았다. 나는 문득 불길한 것을 느꼈다. 모처럼 새로운 생활을 시작하려고 하는 찰나에 내가 안내인으로부터 면회통고를 받은 것이다. 나는 아랫층으로 내려갔다.

그곳에는 나의 초등학교 시절 친구가 와 있었다. 그러나 그 친구와는 그다지 사이가 좋았던 것도 아니다. 그런데도 나는 가슴이 떨렸다. 어째서 초등학교 시절 친구라는 것은 이렇게 가슴 설레게 만드는 것인가. 게다가 그는 지금 나쁜 병에 걸려 있다는 소문을 들었다. 그가 나쁜 병에 걸린 것 같다는 소문을 들은 후에도 나는 그와 두세 번 거리에서 서로 마주친 것을 기억하고 있다. 그때 나는 아무래도 옛날 그대로의 우정을 지금도 변함없이 갖고 있다는 표정이나 태도를 억지로 그에게 보여 주었다. 그렇기 때문에 지금도 그를 외면할 수는 없을 것 같았다. 나쁜 병이라는 것은 나병이라는 전염병이었다.

"요즘 대단한 일을 하고 있다고?"

내 모습을 보자 그는 떨리는 목소리로 말을 걸어 왔다.

"소설이 일류잡지에 나온다며?"

나는 완전히 자신을 잃고 있었다. 그 정신활동에 대해서는 아무것도 아는 것이 없는 제3자로부터 자신의 일에 관하여 뭔가 화제가 된다는 것은 참을 수 없는 일이었다. 게다가 그가 소설이라는 발음을 했을 때 왠지 상스런 느낌마저 들었다. 하물며 초등학교 때 급우였다는 것은 나를 완전히 돌아 버리게 한 것이다.

"자네, 언젠가 이걸 갖고 싶다고 했지?"

그는 호주머니에서 봉투를 꺼내 보였다. 그러나 그의 오른손은 아무래도 부자연스럽게 헐렁한 윗옷 소매 안으로 숨기고 봉투만 달랑 들어 보였다. 나는 그것이 무엇인지 알았다. 그것은 고무로 만든 기구다. 나는 언제 그에게 그런 것을 부탁한 것일까. 그러나 확실하게 부탁하지 않았다고 단언할 수도 없었다.

"아, 그래. 이것 때문에 일부러 여기까지 와 줘서 고마워. 그럼 얼마 주면 되지?"

나는 빨리 그가 돌아가 주기를 바랐다. 그런데 그는 쉽게 돌아갈 것 같지 않은 기미를 보였다. 결국 그는 뭔가 할 말이 있는 듯 내 눈치를 보면서 그 봉투를 열고 안에 든 기구를 꺼냈다. 나는 뭔지 알 수 없는 혼미한 분노가 위장에 확 퍼지는 것을 느꼈다. 그 친구 같은 병을 가진 자가 어째서 격리되지 않는 것일까. 더구나 왜 그는 직접 그 고무기구 같은 것을 그의 병 있는 손으로 만지는 것일까. 그런데 그보다도 내가 더 기가 막힌 것은 그런 사태를 직접 내 눈으로 보고 나는 그의 행위를 비난할 용기가 없었다는 것이다. 나는 그 용기가 없다는 데 그만 기가 죽어 그를 거부할 수도 없었다.

그는 그 고무를 손으로 잡아당겼다 놓았다 하면서 이렇게 말했다.

"요즘 물건들은 아주 형편없어졌어. 옛날처럼 튼튼한 게 아냐. 금방 망가져 버릴지도 몰라."

그리고 하나하나 주의깊게 검사하기 시작했다. 그때 나의 기분을 어떻게 설명하면 좋을까. 심한 모욕감에 빠져 시간만 지나가기를 기다리고 있었다.

마침내 그는 그것을 봉투 속에 넣어 나에게 건네주었다. 나는 그의 손에 닿지 않기 위해 그 봉투 끝을 잡고 받아들였다. 그리고 나는 백 원짜리 지폐를 한 장, 그것도 역시 끝을 잡고 그의 손에 내밀었다.

"자, 이거 받아, 또 그 사이에 좋은 물건이 있으면 가지고 와" 나는 입을 삐죽 내밀고 그런 인사까지 했다.

그는 덥석 내 손을 움켜쥐듯이 지폐를 받으려고 했다. 나는 그에게 악의가 있다는 것을 느꼈기 때문에 이번에는 조금 노골적으로 손을 도로 집어넣었다.

"자, 그럼. 오늘은 모임이 있어서 이만 실례하겠네."

나는 재빨리 그 친구 앞을 벗어났다. 그의 온몸에서 배어 나오는 습기 같은 것은 도대체 무엇일까. 나는 사무실에 들어가 승공수(염소와 수은의 화합물에 식염을 넣어 녹인 물—역자주)를 대야에 붓고 그것에 물을 탔다. 그리고 나는 봉투와 함께 양쪽 손을 그 소독약 안에 푹 담갔다. 거의 본능적으로 그런 행동을 했다. 그 순간 갑자기 출입문이 열렸다. 나는 손을 대야에 담근 채 가슴이 철렁하며 출입문 쪽을 돌아보았다. 거기에는 나병 환자인 그가 질투에 불타는 눈빛을 하고 서 있었다. 뭐라고 말할까. 조금 전까지 그의 얼굴에는 아직 병상(病狀)은 나타나지 않았는데 지금 그의 눈 주위에는 이미 짓무른 살이 거무스름하게 변해 있는 것이 아닌가. 그는 소독약 속의 내 양쪽 손에 증오의 눈빛을 떨구고 있었지만, 마침내 큰 소리로 울부짖듯이 외쳤다.

"너도, 너도 역시 그랬단 말이냐?"

그는 쏜살같이 다가왔다.

"개자식, 모두 위선자. 전염시켜 주지. 너에게 내 지병을 옮겨 주겠다고."

나는 테이블을 방패삼아 도망쳤다. 그는 얼굴이 새까맣게 변해서 날 계속 쫓아왔다. 그러자 그 소리를 듣고 안내하는 소녀가 방에 들어왔다. 그는 위압적인 태도로 그쪽을 향했다. 거기에는 소녀가 이상하다는 표정으로 서 있었다.

"제기랄, 아무도 용서하지 않는다. 그 누구라도 상관하지 않겠어."

그는 그렇게 말하고 그 소녀에게 다가가서 소녀를 꼼짝 못하게 잡아 버렸다.

나는 마루를 차고 나와 그곳에서 도망쳤다. 소녀를 죽게 내버려두고 도망쳐 나왔다.

그 후에 그들은 어떻게 되었을까. 자선사업단 건물은 어떻게 되었을까. 나는 전혀 알지 못한다. 나는 더 이상 그곳에는 가까이 가지 않았다. 그곳에 가지 않는다는 이유로 나는 쭉 괴로워야 했다.

그래도 나는 마을 중심가를 걷고 있었다. 어딘가를 언제나 걷고 있었다. 그 이후 하늘에는 언제나 비행기가 날았다. 무수한 비행기들이 날아가 나는 불안에 떨고 있었다. 나는 금속이 하늘을 난다는 것도 무서웠지만, 그보다도 그 날아가는 것에서 무엇이 떨어지지 않을까 하는 데 더 두려움을 느꼈다. 그래서 나는 비행기가 날면 하늘을 올려다보고 뭔가 떨어졌을 때의 비상조치를 생각했다. 비행기에서는 가끔 알루미늄으로 만든 가솔린통이 떨어져 날아왔다. 지표에 부딪히면 쨍 하는 이상한 소리를 내고 그대로 움직이지 않았다. 그건 안심할 수 있었다. 그러나 결국 무엇이 떨어질지 알 수는 없었다. 그 사이에도 비행기 수는 점점 늘어났다. 그리고 고도(高度)도 점점 낮아져 마치 메뚜기들의 습격처럼 딱딱한 배를 햇빛에 반짝거리며 마을 상공을 선회했다. 나는 최후의 날이 다가오는 게 아닌가 하고 생각하게 되었다.

어느 날 나는 초조감에 사로잡혀 어찌할 바를 몰랐다. 이상하게 주위가 불안해서 마음을 놓을 수가 없었다. 그래서 어느 고명한 소설가를 방문하려고 생각했다. 나의 첫 작품이 실린 잡지는 아직 인쇄되지 않았다. 나는 누군가에게 쫓기고 있다. 며칠이 지나자 나병 환자를 만났던 날의 일이 선명히 떠오르지 않았다. 그날 나는 그의 몸 어디에 닿은 것일까. 아니면 결코 닿지는 않은 것일까. 그때 나는 완전히 소독한 것일까. 아니면 소독하려다가 그에게 쫓긴 채로 도망쳐서 그대로 그만둔 것은 아닌지. 그때의 전후사정으로 미루어 하나씩 그때 일을 떠올려 보는 것이지만, 닿은 것인지 그렇지 않은 것인지, 소독한 것인지 안한 것인지 분명히 생각을 떠올릴 수가 없게 되었다. 그래서 내 육체도 신용할 수 없게 되었다. 한편 비행기가 무수히 날게 되었다. 나의 작품은 아직 발표되지 않았다. 나는 내 작품에 대해 아무런 반향도 들을 수가 없었다. 그리고 두번째 작품 계획이 좌절된 채로 있었다. 이대로 모든 것이 180도 전환되어 내 작품이 많이 복제돼서 세상에 시판된다는 것이 환영(幻影)으로 끝나는 게 아닐까. 그렇지 않아도 잡지 편집자로부터 잡지사 사정으로 편집이 다음으로 미루어졌다는 연락이 올지도 모른다. 또는 인쇄소의 부주의로 원고를 분실했다는 연락이 올지도 모른다. 그때 나는 심하게 화낼 수 있을까? 나병 환자로부터 도망친 것처럼 그 상황을 그저 피하려고만 하지 않을까? 비틀거리며 나의 육중한 몸을 움직인다. 그러자 주위의 모든 것들이 함께 흔들리며 기울어진다.

나는 그 고명한 소설가를 방문하려고 생각한 동기를 뭐라고 분명히 말할 수 없다. 나는 아직 작품을 하나도 쓰지 않은 것 같은 기분을 지워 버릴 수 없었다. 그래서 그 고명한 소설가에게 자신을 소개할 때 나는 상당히 얼빠진 표정을 할 거라고 생각했다. 그는 나를 알지 못하는 데다가, 그런 나의 방문에 대해 불쾌한 느낌을 가질 것이다. 그런 내가 그의 소설에 대해 이야기한다면 그는 더 참지 못할 것이다. 그리고 나는 기회를 만들어 말할 것이다. '저도 제 소설이 잡지에 실렸습니다.', '그래, 제목이 뭔가?', '당신도 쓰신 적이 있는 그 잡지입니다. 하지만 아직 나오지는 않았습니다.'

나는 그 소설가를 어디까지 두려워하고 있는 건지 나도 알 수 없다. 약간은 경멸했을지도 모른다. 이런저런 생각을 하는 사이에 그만 그 소설가를 만나러 간다는 것이 귀찮게 여겨졌다.

점점 종말의 날이 다가오려 하는 이때, 나는 도대체 무얼 하고 싶은 걸까. 나는 무엇을 바라는 것인가. 나는 그 고무 기구를 사용하고 싶다고는 생각지 않는다. 그리고 그것을 어디에서 잃어버린 것인가. 그 불쾌한 사건이 있던 날 이후, 이 마을에서의 유일한 나의 세상과의 교제장소였던 그 자선사업단 건물에 한 번도 가지 않았기 때문에 나는 이 마을에서 친구라고는 한 사람도 없었다. 나의 아버지와 어머니는 어디에 있는 것일까. 나는 아버지를 잃고 어머니도 잃었다. 이것은 조금 과장된 표현일지도 모른다. 나는 아버지가 있는 곳을 알 수 없었지만, 어머니가 있는 곳은 대강 알고 있었다. 어머니는 전쟁중에 괴멸해 버렸다고 전해지는 남쪽 마을에 살고 있었을 것이다. 그리고 신문 등에서는 전멸해 버린 것처럼 전달되었지만, 실제로 가 보지 않으면 알 수가 없었다. 그러므로 나는 어머니가 있는 곳이 짐작은 갔으나 살아 있는지 죽었는지 알 수가 없었던 것이다. 그리고 아버지는 아마 나와 어머니를 찾고 있는 게 아닌가 하는 생각이 들었다.

나는 갑자기 그 남쪽 마을에 가 보려고 마음먹었다. 그것은 어머니를 만나고 싶다는 것도 아니었다. 어머니의 생사를 확인하고 싶다는 것도 아닌 것 같다. 나는 어느새 그쪽으로 발길을 옮기고 있었다.

그곳은 틀림없이 그 남쪽 마을 같다. 그곳은 전에 많이 본 낯익은 마을의 모습과는 조금 다른 것 같지만, 분명히 나는 그 마을에 와 있었다. 마을은 전멸한 것이 아니었다. 나는 마을의 중심가를 돌아다녔다. 어머니의 친정은 이미 옛날에 왕래가 단절되어 버리긴 했지만, 나의 어머니는 이 마을에서 태어난 것이다. 그래서 이전에 나는 잠시 이 마을에 살았던 적이 있었다. 그러나 지금은 내가 몸을 쉴 수 있는 장소는 하나도 남아 있을 것 같지 않다. 예전에 좀 알았던 집들도 세대가 바뀌어 사람들을 알 수가 없었다. 그래도 나는 아주 당연하게 어머니 집에 도착할 것이라 믿고 있었다.

나는 마을을 다 뒤진 끝에 어느새 마을의 끝이면서 전철의 종점인 터미널에 와 있었다. 저녁 무렵인지 벌써 밤에 접어든 건지 주변은 캄캄하다. 나는 멈춰 섰다. 그러자 한꺼번에 여러 가지 일들이 기억에 되살아났다. 나는 마치 뜬구름을 잡은 것처럼 아무 구상도 없이 백화점과 이발소의 시끌

벅적한 사람들 틈을 지나고 있었지만, 그 어두운 터미널의 배후를 둘러싼 입체적인 구릉주택의 풍경이 눈에 들어오자 문득 어떤 일을 생각해 낸 것이었다. 나는 내가 갈 곳이 어디인지 분명히 알 수 있었다. 나는 교외선을 타고 어느 장소에 가면 되는 것이다. 그리고 그곳은 신문 등에서 괴멸되었다고 하던 바로 그 장소임이 분명했다.

그 터미널에서 북쪽의 어둠을 향해 철도가 지나는 것 같았다. 그 궤도가 어디를 어떻게 지나 어떤 지역을 연결하고 있는지는 전혀 분간할 수 없었지만, 단지 그쪽으로 가면 구릉도 건물도 재가 되어 마치 녹아 내리듯 무너져 버린 평면 느낌이 드는 어떤 구역에 그 장소가 있는 것 같았다. 그리고 나는 갑자기 걱정거리가 심장 주변에서 박동하고 있는 것을 느꼈다. 나는 빨리 그곳에 가야만 한다.

바람이 불기 시작했다. 터미널 길가에서 나는 표를 파는 아주머니로부터 표를 샀다. 높은 전봇대 꼭대기에 매달려 떨고 있는 전구가 표 파는 아주머니와 그 매표소를 환히 밝히고 있었다. 내가 마지막 손님인 듯이 아주머니는 서둘러 그 매표소 문을 닫아 버렸기 때문에 나도 그만 당황해서 전철에 뛰어들었다.

전철은 혼잡했다. 그러나 나는 안으로 밀고 들어갔다. 가운데쯤에 서서 손잡이에 매달려 물고기처럼 호흡하고 있는데, 꼭 자리를 잡을 수 있으리라는 느낌이 든 것이다. 그러자 그 살집이 좋은 젊은 여자가 메이센(銘仙 : 꼬지 않은 실로 거칠게 짠 비단—역자주) 기모노를 입고 앉아 있었다. 코가 평평해서 신경이 쓰였지만 좀 살집이 있는 몸매에 묘하게 끌리는 것을 느꼈다. 근교 어디 사는 모양인데, 집을 나온 지 채 하루도 안된 모습이다. 나는 그 아가씨 몸에 작은 요리집 여자들이 입는 현란한 무늬의 화려한 기모노를 입혀 보는 상상을 했다. 그러자 나는 그 아가씨 옆 자리에 끈질긴 집착을 보였기 때문에 아가씨는 할 수 없다는 듯이 옆으로 좁혀 앉았다. 그 귀찮아하는 듯한 태도는 눈에 거슬렸지만 나에게는 몹시 도전적으로 보였다. 이제 손 안에 든 새를 요리하는 기분이었다.

나는 자신과는 다른 인간의 유연한 체온의 온기를 느끼고 있었다. 그 다른 인간인 여자가 조금이라도 몸을 움직이면 자신의 육체의 곡선이 직접 전달되어 그 여자의 육체와의 경계선을 분명히 알 수 있었다. 그러자 나는 담배를 약간 삼켰을 때처럼 아무것도 할 수 없을 만큼 황홀한 느낌에 사로잡혔다. 그와 동시에 나는 그 아가씨도 충분히 의식하고 향연에 참가하고 있다는 것을 확신하고 있었다. 그래서 그 다음 일을 생각할 여유도 없이 시간이 흐르고 흘러서 미지의 시간으로 이동해 가는 찰나가 거기에 있었다. 나는 자신의 무릎으로 그 아가씨 무릎 주변의 괄약근의 움직이는 방향을 세기 시작했다. 그 순간 아가씨의 무릎이 내 무릎에서 떨어졌다. 무슨 일일까. 나는 갑자기 따귀를 한 대 얻어맞은 것처럼 낭패를 보았다. 나는 자신의 몸을 내 마음대로 할 수 없는 불수의(不隨意) 신경을 매우 유감스럽게 생각했다. 그 아가씨는 나의 속셈을 환히 알고 있는 것처럼 마음속으로 계산하고 갑자기 무릎의 체온을 나에게서 떨어지게 한 것임에 틀림없다. 나는 맹렬히 투쟁할 각오로 일어섰다. 우선 그 시작으로 몹시 모멸당한 기분을 충분히 드러내서 얼굴을 싹 돌렸다. 그러자 반쯤은 그런 기대도 있었지만, 아가씨가 놀라서 어찌할 줄 모르기 시작한 것이다. 나는 약간 기세가 꺾이어 아가씨를 곁눈으로 훔쳐 보았다. 내가 몸을 옆으로 돌리듯이 해서 무릎을 갖다 댄 것이기 때문에 아가씨 무릎이 흐트러져 보기 흉하게 된 것이다. 아가씨는 흐트러진 무릎을 가지런히 모으려고 했다. 아가씨는 내 쪽으로 다가와서,

"죄송합니다. 그렇게 화내시면 어떡해요. 어쩔 수가 없었어요" 하고 말했다. 그것은 마치 남이 아닌 듯한 어조였다. 나는 이 야릇한 갈등에는 어찌할 수 없다는 생각이 들었다. 그와 동시에 그 아가씨의 목소리를 들은 것만으로도 언짢은 기분이 들어 정신을 차리고 말았다. 그래서 나는 단단히 마

음먹고 그 유희의 끈을 끊어 버리기로 했다. 그리고는 축 늘어질 정도로 긴장이 풀린 여운 속에서 어느새 어떤 집 안에 와 있었다.

그곳은 절멸했을지도 모른다고 생각했던 장소의 한 구획이었다. 무슨 운명의 장난인지 그 집은 남아 있었다. 그곳은 나의 어머니 집이었다. 그리고 나는 어디선가 아버지를 무리하게 이 어머니 집으로 끌고 오고 있다는 것을 깨달았다. 그렇다, 나는 이곳에 오는 도중 어딘지 신체에 속박을 느끼고 있었다. 그것은 나 혼자가 아닌 몇 사람이 나의 그림자가 되어 내 몸에 계속 따라오고 있었던 것이다. 그것은 나의 아버지였다. 이 집에 들어와 분명히 나의 아버지라는 것이 결정된 것 같았다.

나는 이제 그곳에 살 작정으로 다다미 위를 밟고 다니며 방들을 돌아보기도 하고 안쪽 툇마루에 서서 울타리 너머로 옆집을 쳐다보기도 했다. 고양이 이마처럼 좁은 지저분한 마당에는 비파나무가 한 그루 서 있었다. 그 거무스름한 비파나무 잎이 한 장 한 장 고무세공 같은 두툼한 중량으로 선명히 눈에 들어왔다. 다다미는 문적문적한 상태로 부풀어 올라 먼지투성이인데다 오리목이 풀어져서 걸으면 부석부석 소리가 나고 구부러졌다. 천장은 전부 떨어져 있기 때문에 지붕 안쪽에는 거미집투성이고 전등 코드가 축 늘어져 있어 보기에도 좋지 않았다. 괴멸은 면했다고 하지만 역시 그때 섬광이 지나가는 순간에 이 집 전체에 다시 회복하기 어려운 금이 가고 말았다는 것을 한눈에 알 수 있었다. 방은 몹시 음침했다. 어머니가 용케도 이런 집에서 살고 계셨구나 하는 생각이 들었다.

"다다미가 몹시 더럽군. 난 이런 것은 딱 질색이야. 내가 왔으니까 아주 깨끗이 해 놔야지."

나는 큰 소리로 약간 빈정거리듯이 '아주'라는 말에 힘주어 말하고, 문득 어머니가 왠지 불결하다는 생각이 들었다. 내가 큰 소리로 그런 말을 한 데에는 약간의 계산이 있었다. 그렇게 말함으로써 어머니가 지금까지 이 집에서 보낸 자유분방한 생활을 문책하게 되리라고 생각했다. 그렇게 하면 아버지의 기분도 어느 정도 생각할 수 있고, 어머니로서도 아버지에 대해 다소 체면을 유지할 수 있어 마음이 편해질 거라고 생각했다. 그 결과는 아버지에 대해서는 아주 좋았던 것 같다. 그러나 어머니는 너무 심한 탓인지 슬픔에 휩싸였다.

나는 어머니가 좀더 나이가 드셨을 거라고 생각했다. 그런데 지금 보니까 아직도 젊고 싱싱함이 남아 있는 것 같다. 양끝을 늘어뜨려 맨 속띠의 맵시에 약간 옆으로 기울어진 허리 주위가 어쩌면 요염하게조차 보였다. 어머니는 사생아인 혼혈아를 등에 업고 있었다. 그 흰둥이 같은 남자 아이는 전에도 어머니가 태어난 마을에서 가끔 본 적이 있었다. 나이에 비해 크다는 느낌이 드는 아이로, 그런 큰 아이를 어머니가 업고 있는 속마음을 알 수가 없었다. 짐작건대 아버지가 보는 앞에서는 어떻게 숨을 수도 없고 해서 차라리 몸에다 달아 버린다는 심정으로 그렇게 했을지도 모른다. 나는 길 위에서 놀고 있던 그 혼혈아가 사실은 내 어머니의 부정(不淨)의 결과라는 것은 이번에 이 집에 찾아와서 처음 알았다. 그래도 나는 그 일에 조금도 놀라지 않았다. 모든 것이 그랬을 것이라고 전부터 미리 알고 있던 사람처럼 별로 동요되지 않았다. 아니 오히려 소설에나 나올 법한 이런 환경이 바로 자신의 일이었다는 사실에 알 수 없는 힘이 솟았다. 자신의 근본을 맨손으로 쥐어 본 느낌이었다. 그렇다. 나는 소설가로서 자신을 한정해 버리지 않았던가.

어머니는 아버지가 찾아왔는데도 될 대로 되라는 식으로 자포자기한 것 같았고, 심통이 난 것처럼 보였다. 아버지가 뭐라고 하면 난폭하게 쏘아붙이는 것이었다. 그러나 나에게는 그런 흰둥이 혼혈아를 업고 아버지에게 응대하는 어머니의 모습이 여자가 운명에 거스를 수 없는 자연스러움으로 보였고, 어머니가 이제 불안해서 어찌할 바를 모르는 것처

럼 보였다. 나는 그런 자신의 관대한 이해심에 우쭐해져서 무심코

"어머니 괜찮아요. 아 아이는 어디까지나 제 동생입니다."

하고 말해 버렸다. 그 순간 나는 자신이 말한 것에 대해 스스로 감상(感傷)에 빠져 가슴이 벅차 오르고 영웅이 된 듯한 기분이었다. 어머니와 그 혼혈아는 눈물을 흘릴 것이다. 그때 마음속으로는 만약 아버지가 반대해도 나는 스스로에게 자신감이 있는 듯한 기분이 들었다. 나는 순간순간의 나의 감정적인 반응을 믿지 않는다는 결심을 하고 있었다. 그것은 그날 이후 그렇게 되어 있었다.

아버지는 모든 것을 말없이 보고 있었다. 나의 그 묘한 자신감을 포함해서 매우 불쾌한 것 같았다. 나에게는 아버지의 육체는 느껴지지 않는다. 내가 아버지를 이곳 어머니 집에 데리고 온 것이지만, 아버지에게는 거의 위치라는 것이 없다. 더구나 나는 분명히 어머니에 대해 아버지를 이 장소에 위치시키고 있었다. 엄연히 아버지다운 분위기가 거기에 존재했다. 그리고 그 분위기가 불쾌한 듯한 모습을 하고 있었다.

아버지는 말했다.

"그 외에 여자 아이도 둘이나 있단다."

하고 툭 한 마디 했다. 그런데 나에게는 그 내뱉은 말보다 여운이 되어 사라진 '너는 모를 거야' 하는 내뱉지 않은 말이 가슴에 와 닿았다. 아버지가 말하지 않은 뒤쪽의 말이 지금 나온 말보다도 생생하게 내 가슴에 깊이 새겨졌다. 나는 그런 아버지의 모습에 바보같이 쩔쩔맸다. 그러나 우리 가족은 어디 흠집 하나 없는 것이 전쟁 전까지의 나의 현실이었다. 그것이 오늘에 와서는 어떻게 된 것일까. 이렇게 불행이 잇따라 찾아왔다. 나는 이제 자신이 무엇인지 모른다. 이 얼마나 엄청난 일인가. 이것이 모두 나의 현실인 것이다. 그런 마음이 종기처럼 번지고 있던 나에게 아버지의 지금 한 마디는 가슴에 깊이 와 닿았다. 나에게는 아버지가 확고부동한 세상의 철벽으로 보였다.

"그 정도는 전부터 알고 있었습니다." 나는 가냘픈 추종의 미소를 띠고 아무튼 아버지에게 대꾸했다. 떨쳐 버릴 수 없는 죄악처럼 가차없이 추궁당한 나의 어머니에 대한 관대한 이해심을 어떻게 해서든 모면하고 싶었다. 아버지, 사실 저는 나병에 걸린 겁니다. 나는 어떤 현실에도 놀라지 않는 나라는 허영을 만족시키고 싶었다. 그러나 그 결과는 아버지와 어머니의 인간적인 불화에 대해 나 같은 것이 도저히 어떻게 할 수 없다는 것을 알려준 것에 불과했다.

"…"

아버지는 또 뭐라고 말했다.

그것은 무서운 말이었다. 나는 그 말을 들었을 때는 나의 피부는 어머니 피부의 일부가 아니었을까 하고 생각했다. 그 피부에서 분명히 지옥을 들여다보게 한 말이었다.

어머니는 그 말에 뭐라고 대꾸하려고 했다. 어머니가 뭔가 말하지 않으면 세계의 형평이 잡히지 않아 매우 불안해진다. 빨리 어머니는 뭔가 말해야만 한다. 아버지 입에서 토해진 가스를 어머니 입에서 다른 가스에 의해 중화시키든가 하지 않으면 이 폐허의 한가운데에 기묘하게 남겨진 어느 지점을 중심으로 해서 이 나라 전체가 붕괴할 것만 같았다. 그런데 어머니는 쟁반 같은 것을 다다미 위에 놓았다. 어머니가 아버지를 향해서 뭔가 말할 때는 그 말에 거짓이 조금도 없다는 것을 보여 주기 위해 일종의 후미에(踏繪 : 에도시대에 기독교인가 아닌가를 식별하기 위해 그리스도·마리아상을 밟게 했던 일—역자주) 의식을 행하기로 약속이 되어 있던 것으로 보인다. 그 쟁반에는 초상화가 그려져 있었을 것이다. 완전히 뒤집어져 있었기 때문에 볼 수는 없었지만, 그 초상(肖像)은 누구 것이었을까. 나는 초상의 주인을 이상할 정도의 집념으로 보고 싶다고 생각했다. 어머니는 불쑥 일어나 옷자락을 걷어 올리고 그 쟁반 위를 밟았다. 나는 그것이 나의 어머니라는 것을 의심했을 정도로 아름다운 자태였다.

나는 이 극도로 첨예화되어 버린 지금 이 순간이 화해할 수 있는 절호의 기회라고 직감했다. 나는 간절히 기도하고 싶은 마음이었다.

그런데 어찌된 일인가. 어머니가 무심코 내뱉은 말은 어머니의 정부, 그 서양 남자에 대한 진실한 신뢰의 말이었다.

아버지는 몹시 화를 냈다. 아버지의 감정의 파고(波高)는 나에게 뼛속 깊이 전달되었다. 나도 역시 아버지와 함께 격분했다. 그러나 그와 동시에 나는 아버지의 정신의 파국을 매우 고소하게 생각했다. 아버지는 채찍을 들어 올려 어머니를 치려고 했다. 그러자 나에게는 또 관대한 영웅심이 발동했다. 나는 아버지에게 어머니 대신 아버지의 징계를 받겠다고 간청했다. 아버지는 처음에는 좀처럼 승낙하지 않았다. 그 아버지의 표정은 새파랗게 질린 진실한 그것이었다. 나는 그런 아버지의 얼굴을 보자 더욱더 집요하게 어머니 대신 벌을 받을 것을 거듭 간청했다. 나의 그런 진지한 방법은 나 스스로도 감동이 될 만큼 박진감이 있었다. 아버지는 마침내 승낙했다. 하지만 아버지는 입가에 차가운 미소를 살짝 띠고 있었다.

나는 아버지의 채찍을 맞았다.

그것은 끔찍한 것이었다. 나는 거의 실신할 듯했다. 아버지는 돌처럼 증오의 끝에 서 있었다. 나는 그 일을 쉽게 보아 넘긴 것을 몹시 후회했지만, 죽어도 그 징계에 비명을 지르는 일은 없을 거라고 생각했다. 채찍이 끝나자 곤봉 같은 것으로 나는 얼굴을 세게 얻어맞았다.

결국 나는 그 집 밖으로 나와 있었다. 입 속은 이가 빠져 너덜너덜하게 달려 있었다. 아무리 손으로 잡아 내도 입 안에는 이가 부서진 가루가 시멘트처럼 남았다. 나는 자신의 입을 마치 메뚜기나 여치의 입처럼 느꼈다.

나는 어디를 걷고 있는 것일까. 나는 아무것도 알 수 없었다. 그것은 붕괴해 버린 장소였을 것이다. 그러나 지금 내가 걷고 있는 곳은 집들이 늘어서고 사람들이 왕래하고 있었다.

유황 냄새가 난다. 그리고 그 집들은 기울고 있다. 집들을 따라 강이 흐르고 있는 것 같다. 하지만 나에게 강은 보이지 않는다. 다만 그런 기분이 든다. 길에는 가로수가 늘어서 있다. 이건 무슨 나무일까. 벚나무일지도 모른다. 계절이 되면 졸린 듯한 구름처럼 복숭아색 꽃들이 물결칠 것이다. 그러나 지금은 꽃은 달려 있지 않은 것 같다. 이 집들은 수증기 같은 것으로 덮여 있다. 그리고 유황 냄새가 난다. 나는 어째서 이런 길을 걷고 있는 것일까. 또 하룻밤 묵을 여관을 뭐 그리 대단한 거라고 찾고 있는 것일까. 길은 점점 내리막길이다. 돌멩이들이 많아졌다. 사람들이 오고 간다. 그러나 모두 그림자가 흐리다. 주위가 어둡다. 결코 저녁은 아닌데. 태양이 중천에 높이 떠 있다. 그런데도 어둡다. 사람들은 여전히 줄지어 걸어가고 있다.

(옛날 눈부신 한여름의, 해변에서의 두터운 중량감을 다오)

나는 그런 생각을 하며 걷고 있었다. 나는 저 집에 가려고 하는 것일까. 목적지가 없는 척하고 걷고 있지만, 목적지가 있음에 틀림없다.

인가(人家)는 점점 멀어지고 마침내 가늘고 긴 3층 목조가옥 밑을 지났다. 그런데 나의 기분은 해가 저문 것처럼 어두움을 더했다. 나는 목을 뒤로 젖히고 가옥 윗쪽을 바라보았다. 그러자 창이라는 창에는 가득 사람 얼굴이 보였다. 그것은 학교 학생들 얼굴 같다. 나는 굴욕감에 전신이 달아올랐다. 그러나 전교생이 나를 보고 있을 리도 없다. 나는 다시 한 번 자세히 보려고 했다. 아니 그보다도 그쪽으로 얼굴을 향하고 있었던 것이다. 자세히 확인한다고 하는 냉정함은 없었다. 벌겋게 열이 오른 얼굴에 비친 것은 단 두세 명의 학생만이 나를 보고 있었을 뿐이라는 것을 그제서야 알게 되었다. 나는 그대로 걸어갔다.

(가짜 거짓말 사기)

나는 마음속으로 속삭였다.

(너는 말이야)

또 마음속으로 속삭였다.

(무조건 부딪치라는 것이 아니라, 한 번 깨지고 나서 부딪쳐 보라는 것이다)

(그것은 어떤 의미인가?) 나는 항의했다. (무엇을 말할 작정인가?)

그러자 마음이 리듬을 타고 대답했다. (너는 일전에 아주 끈질기게 주장했어. 무·조·건·부·딪·쳐·봐·라)

(그런 시시한 걸 주장할 리가 없어) 나는 고개를 흔들었다. 나는 길을 걷고 있었다. 유황 냄새가 난다.

(마음을 믿지 마)

그것은 또 누구의 속삭임일까.

(네가 가는 곳은 알고 있어)

나는 어느새 목적지인 집 현관에 서 있었다.

"하룻밤 재워 주오."

나는 여자 방으로 지나갔다.

(그건 네 잘못이다. 똑바로 해, 똑같은 자식)

격자무늬 창에 매달려 밖을 보는 아이가 있었다.

"안돼요, 그 아이."

여자가 내 등 쪽에서 인기척을 하면서 말했다.

"안되다니, 어째서요?"

"이제 의사도 가망이 없다고 포기했소."

나는 그 아이 곁으로 다가가 보았다. 그런데 어디가 아픈 것일까. 조금도 아픈 것처럼 보이지 않는다. 나는 말을 걸었다.

"꼬마야, 뭘 보고 있니?"

"저기."

아이는 유리처럼 맑은 목소리로 대답했다. 나는 창 저쪽에 보이는 경치를 감상하고 있었다. 그것은 온통 논으로, 지금은 아무것도 심지 않았다. 땅은 한 번 갈아 엎은 채로 딱딱하게 얼어 있었다. 그것이 눈앞에 한없이 펼쳐져 있고, 10리나 되는 저쪽에는 지평선으로 떠올라 활활 춤추고 있는 성긴 소나무숲이 보였다. 그리고 해명(海鳴) 소리가 들려 왔다. 가만히 그쪽을 바라보고 있자니 소나무숲 너머로 흰 물마루가 부서지는 것이 보이는 것 같았다.

"꼬마야, 바다가 보이니? 아저씨가 안아 줄게."

나는 그 아이를 안았다. 거의 무게라는 것이 없다. 나는 용기를 잃었다. 그러자 아이는 나에게 안기는 것을 기다리기라도 했다는 듯이 경련을 일으키기 시작했다. 나는 아이를 가만히 바닥에 내려놓았다.

"안되겠는데요."

나는 여자에게 말했다. 나는 머리가 가려워 참을 수가 없었다. 그래서 손가락을 머리속에 넣고 박박 긁었다. 그리고 방의 한쪽 구석에 놓여 있는 경대 앞에 앉았다. 그 순간, 경대 위에 신간 잡지가 놓여 있는 것을 발견했다. 여자는 흐느껴 울고 있었다. 그 잡지는 나의 첫 작품이 실린 잡지가 아닌가. 나는 서둘러 그 잡지를 집어 들고 목차를 펴 보았다.

어, 정말 확실히 실려 있다. 나의 이름이 활자가 되어 있다. 그런데 왜 나에게는 보내지 않은 것일까. 다른 사람은 몰라도 우선 내가 그것을 볼 권리가 있지 않은가. 머리가 가렵다. 그리고 목덜미 주위가 몹시 가렵기 시작했다. 그래서 가려운 곳을 세게 긁고 잡아뜯기까지 했다.

"이 잡지, 어디서 났어요?"

"어머, 그거요?"

여자가 내 뒤로 왔다.

"내가 이런 제목을 붙였었나?"

"잠깐."

여자가 놀란 듯한 소리를 냈다. "당신 머리가 어떻게 된 것 아녜요? 이상한 사람이야."

나는 머리에 손을 대 보았다. 그러자 나의 머리에는 얇은 칼슙 전병(煎餠) 같은 커다란 종기가 가득 퍼져 있었다. 나는 순간 소름이 끼치면서 머리의 피가 모두 어딘가 중심 쪽으로 냉각되어 들어가는 듯한 오싹한 느낌에 사로잡혔다. 나는 그 종기를 떼 보았다. 그랬더니 쉽게 떨어졌다. 그런데 그 후에 갑자기 도저히 참을 수 없는 가려움에 정신이 없었다. 나는 견딜 수가 없어 무조건 긁어댔다. 처음에는 도취하고 싶을 만큼 기분이 좋았다. 그러나 곧 맹렬한 가려움이 찾아왔다. 그리고 그것은 머리뿐만 아니라 전신으로 확 뿜어 올라오는 가려움이었다. 그것은 멈출 수가 없었다. 몸은 얼음 속에 잠겨 있고 목에서부터 그 위 쪽으로 이발 뒤에 미지근한 물에 머리 감는 것처럼 마치 목덜미에 송충이가 기어가는 것 같은 감촉이었다. 손을 멈추자 버섯처럼 종기가 돋아났다. 나는 인간을 포기하는 것은 아닌가 하는 이상한 마음으로 머리의 종기를 마구 긁어댔다. 그와 동시에 맹렬한 복통이 일어났다. 그것은 뱃속에 돌멩이를 가득 넣은 이리처럼 어적어적한 느낌이라 똑바로 걸을 수도 없을 것 같다. 나는 마음먹고 오른손을 위(胃) 속에 집어넣었다. 그리고 왼손으로 머리를 박박 긁으면서 오른손으로 힘껏 뱃속에 있는 것을 끄집어내려고 했다. 나는 위 밑에 핵 같은 것이 끈질기게 밀착되어 있는 것을 오른손으로 느꼈다. 그래서 그것을 열심히 잡아당겼다. 그런데 어찌된 일인가. 그 핵을 정점으로 해서 나의 육체가 질질 끌려 올라온 것이다. 나는 이미 자포자기한 상태에서 계속 잡아당겼다. 그 결과 나는 양말을 뒤집듯이 나 자신의 몸이 뒤집어진 것을 느꼈다. 머리의 가려움도 복통도 없어졌다. 단지 나의 외관은 오징어처럼 납작해져 속이 훤히 보였다. 그리고 나는 졸졸 흐르는 맑은 시냇물 속에 잠겨 있다는 것을 알았다. 그 시냇물은 바닥이 얕은 작은 강으로, 장소는 아무래도 넓은 들판 같다. 나는 그 졸졸 흐르는 시냇물에 몸을 담근 채 밖을 보니 무슨 나무인지 모르지만 한 그루의 고목이 있고 잎은 한 장도 없이 썩은 나뭇가지 끝에 까마귀가 부리를 한껏 펴고 모이를 쪼고 있는 것이 보였다. 그것을 좀더 자세히 보려고 눈을 크게 뜨자 그것도 한 마리가 아니라 어느 가지 끝에나 그렇게 부리를 한껏 펴고 가지 끝에 꽉 붙어서 모이를 쪼는 까마귀들이 우글우글했다. 그것은 마치 패각충처럼 집요한 느낌을 주었다. 까마귀는 그대로의 자세로 언제까지나 그렇게 하고 있다는 느낌이 들었다. 단지 살아 있다는 증거로 꼭대기로 향한 꼬리를 가끔씩 움직이고는 날개를 살며시 펴는 시늉을 했다. 그러나 부리로 잎이 없는 굵은 마른 가지에 딱 붙어서 모이를 쪼는 것은 변함이 없었다. 그래서 시냇물 속에 잠겨 있는 나는 옷에 붙은 패각충을 떨어내듯이 그 까마귀들을 억지로라도 잡아떼고 싶다고 생각했다.

섬의 끝

옛날 전세계가 전쟁을 하던 무렵의 이야기입니다—

도에는 장미 속에서 살았다고 해도 좋을 만큼 그녀의 집은 장미넝쿨이 온통 집울타리를 덮고 있었습니다. 그 안에 안채와 떨어져 외로이 도에의 방이 있었습니다. 이곳 가게로섬에는 장미꽃이 1년 내내 피었습니다. 방 주위는 마루로 둘러싸여 있고 단 한 곳만이 안채로 통하는 사다리식 복도로 되어 있었습니다. 밤이 되면 삼면(三面)에 장지를 둘러치고 촛불을 켰습니다. 그러면 문을 꽉 닫고 문단속을 특별히 하지 않아도 되었습니다.

도에의 하루 일과는 마을 아이들과 노는 것이었습니다. 마을 아이라는 아이는 모두 맨발로 나와 도에네 집 마당으로 모여드는 것입니다. 도에는 아이들에게 노래를 가르쳐 주었습니다.

바다에 사는 물떼새야
너는 왜 울고 있니?

도에가 몇 살이 되었는지 아무도 몰랐습니다. 매우 젊어 보였습니다. 작은 새처럼 동그란 얼굴이라는 것 외에 다른 여자애들보다 약간 더 몸집이 컸습니다. 그래도 체중은 터무니없이 가벼웠습니다. 얼굴 생김새로 말하면 다른 섬처녀들과 그다지 달라 보이지 않았지만, 단 한 가지 입가에 특징이 있었습니다. 웃으면 입가는 옆으로 가늘게 꽉 다물어졌습니다. 마을 사람들은 어른이나 아이나 할 것 없이 도에는 자기들과 다른 종류의 사람이라고 생각하는 사람이 많았습니다. 그것은 옛날부터 도에네 집 사람들이 마을 사람들에게 그런 식으로 인식되어 왔기 때문이지 그 외에 특별히 다른 이유는 없었습니다. 도에 역시도 그 사실을 이상하게 여기지 않고 하루하루를 아이들과 놀며 지낼 수 있었지만, 두세 명의 노인들은 도에가 이 마을 태생이 아니라는 것을 알고 있었습니다.

그 무렵, 이웃 마을 쇼하테에 군대가 주둔해 왔습니다. 그 때문에 도에가 있는 마을에도 어수선한 공기가 흘러 세계 전쟁이 이 가게로섬 근처까지 엄습해 오는 불길한 예감에 사람들은 불안해 했습니다. 도대체 몇 명의 군인이 들어와 어떤 일을 하는 것일까. 마을에 골치아픈 일이 일어나지는 않을까. 지휘관은 어떤 사람일까. 마을 사람들은 이런저런 걱정을 했습니다.

하지만 여러 가지 일들을 알 수 있었습니다. 쇼하테의 군인은 181명으로, 그 지휘관인 젊은 중위는 마치 얼빠진 사람 같다는 점. 오히려 부지휘관인 하야히토(隼人)라는 소위가 더 남자답고 경험도 많아 일처리도 시원스럽고 사람을 대하는 데도 위엄있고 군인답다는 것입니다. 또 180명의 부하는 ―아니, 하야히토 소위를 제외하고 179명의 부하는 젊은 지휘관에게 동정은 하고 있지만, 부지휘관의 엄한 명령에 모두 복종하고 있는 것 같다라는 것 등등이었습니다. 그래서 지휘관의 하루 일과는 고작 자기 영지 내의 지탄, 사가시바마, 다간마, 스기바라 그리고 강 건너 우지레하마 등을 돌아 12개의 동굴과 못을 전혀 쓰지 않고 합각(合閣)으로 끼워 지은 8개 병사(兵舍)의 동태만 점검하면 되는 거라는 이야기가 파다했습니다.

마을에서는 중위를 삭(朔) 중위―라고 불렀지만, 키는 큰데 말랐다고 수군거렸습니다. 그와는 반대로 하야히토 소위는 땅딸막하니 튼튼하게 생긴 홍안이라고들 했습니다.

부지휘관은 마음속으로 삭 중위를 그렇게 좋아하지는 않았지만, 겉으로 보기에 두 사람은 사이좋게 지내는 것처럼 보였습니다. 그런데 술을 마시거나 했을 때는 주머니 속의 송곳처럼 하야히토 소위의 말은 삭 중위를 콕콕 찔렀습니다. 점점 시간이 지나면서 곤드레만드레 취한 척하고 삭 중위에게 들으란 듯이 빈정대는 투의 난폭한 말을 할 때도 있었지만, 삭 중위는 아무 대꾸도 하려고 하지 않았습니다. 그래서 하야히토 소위는 지휘관이 뭘 생각하고 있을까 하고 궁금해 했습니다. 실제로 삭 중위가 뭘 생각하는지 아무도 몰랐던 것입니다.

전운은 널리 확산되었습니다. 적의 비행기가 가게로섬 상공에도 슬슬 나타나기 시작했습니다.

어느 날 매우 불길한 정보가 들어왔습니다.—가게로섬에 대공습이 있다. 전황은 급전직하로 변했다. 적은 새로운 작전을 계획한 것 같다. 대공습 후에 적은 섬에 상륙할 것이다—.

이 정보는 삭 중위 군대에도 즉각 전해져 왔습니다. 공습에 대비해서 동굴 앞에 폭탄 피해를 막기 위해 성채를 구축하라는 명령이 떨어진 것입니다.

그 명령을 삭 중위가 받은 것은 저녁식사도 끝나고 땅거미가 지는 저녁 무렵이었습니다. 바닷가에는 이미 하루 일과가 다 끝나고 취침만이 남아 있어서 하루 중에서 가장 길고 여유로운 휴식의 시간이 찾아와 시간이 가는 것을 아쉬워하는 모습이 점점 더해가는 때였습니다. 하모니카를 불고 있는 젊은이도 있었습니다. 그런데 어떻게 정보의 급변 따위를 생각할 수 있겠습니까.

하지만 좀 높은 곳에 위치한 오두막 본부에서 그런 해질녘의 정경에 몸을 맡기고 있던 지휘관은 하야히토 소위를 불러 이렇게 말했습니다.

"하야히토 소위, 이 작업은 철야를 하게 되어도 어쩔 수 없어. 지금부터 시작합시다."

그것을 듣고 하야히토 소위는 슬슬 투지가 넘쳐 오는 것을 느꼈습니다. 마침내 하야히토 소위의 준엄한 작업 구획에 따라 12개의 동굴 앞에는 바람에 흔들리는 랜턴 불빛이 보이고, 통나무가 부딪치는 위세 좋은 울림소리가 들려 왔습니다. 이 동굴 안에는 사실 아주 중요한 것이 숨겨져 있었습니다. 그것은 적이 가게로섬에 상륙해 올 때만 사용되는 것으로, 그 자세한 것에 대해서는 지휘관과 179명 중에서 뽑힌 51명만이 아는 일이었습니다.

삭 중위는 가슴이 두근거렸습니다. 운명의 날이 너무 어이없이 눈앞에 닥쳐온 것에 대해 매우 불만인 것 같았습니다. 그러나 한편으로는 이제부터 일어날지도 모르는 미지의 모험에 마음이 들뜨기도 하였습니다. 다만 아무래도 마음에 걸리는 것이 딱 하나 있었던 것입니다. 그것은 날이 완전히 저물면 쇼하테 마을의 도쿠 독기(督督基) 씨 집을 방문하기로 약속을 했던 것입니다. 그것은—

독기 씨 집의 요치라는 여자 아이에게 젊은 지휘관은 마음이 끌렸던 것입니다. 중위가 요치를 등에 업어 주었을 때 부드러운 두 다리와 중위의 어깨를 가만히 잡고 있는 요치의 가녀린 손과 그리고 중위의 볼을 간지럽히는 요치의 숨결을 잊을 수가 없었던 것입니다. 요치의 키는 중위의 가슴에도 닿지 않았습니다. 전날 중위가 쇼하테 마을을 돌았을 때 아기 도쿠 욘(督四)을 포대기에 싸서 업고 자장자장 하던 요치가 숨을 헐떡거리며,

"중위님, 중위님, 쇼하테 중위님" 하고 불렀습니다.

중위는 멈추어 서서 도쿠 요치의 빨간 입가를 물끄러미 바라보았습니다. 속눈썹이 볼에 그림자를 만들 정도로 길었습니다. 주먹밥처럼 크고 까만 머리의 요치가 단호하게 말했습니다. 등의 도쿠 욘을 달래느라 시종 몸을 흔들면서.

"용수나무 밑에 귀신이 나와서 무서워요."

포대기가 짧아서 그 밑으로 나온 두 개의 가는 정강이와

맨발의 복사뼈가 애처로워 보였습니다.

"무서워서 그러니까 놀러 좀 오세요, 네?"

"내일 또 보자."

삭 중위는 혼자 걸으면서 섬 말로 대답하고, 얼마쯤 걸어가서는 다시 뒤돌아보고 덧붙였습니다.

"완전히 밤이 되고 나서"(그때까지 요치를 위해 가래엿을 만들게 하고—)

—그 약속을 떠올린 것입니다. 어쩌면 예감대로 내일이나 모레부터 가게로섬은 격렬한 전투 양상을 띠게 될지도 모른다. 가게로섬 그것이 이 지구 위에서 없어져 버리는 그런 일은 아마 없을 것이고, 또 이곳의 섬 사람들은 생명의 불가사의에서 섬의 초목과 함께 살아남을지도 모른다. 아! 섬에 주둔해 있는 군인들조차도 그 몇 명은 태풍이 한 차례 지나간 후의 귀뚜라미 음색으로 우는 사람도 있을 것이다. 그러나 삭 중위와 51명에게는 그것은 어떤 명령 때문에 생각해 보는 것조차 괴로운, 도저히 바랄 수 없는 일이었습니다.

중위는 마음속으로 울었습니다. 요치와의 약속을 지켜야만 한다. 오로지 그것만 생각한 것입니다.

하야히토 소위와 179명은 각자의 일을 하고 있었습니다. 어느새 밤하늘이 험악해져 구름이 흘러가는 기운이 땅 위에까지 전해졌습니다. 바람도 분 것 같습니다.

중위는 통나무집 본부의 지휘관 방에 들어가서 당번병을 불렀습니다.

"오구스쿠(小城)! 가래엿을 들고 나를 따라와."

오구스쿠는 서둘러 가래엿을 보자기에 싸서 바닷가로 내려가 배를 댔습니다. 중위는 말없이 배에 올라타고 오구스크는 급히 노를 젓기 시작했습니다. 노젓는 소리가 일을 감독하고 있던 하야히토 소위 귀에 들어갔습니다. 소위는 어둠 속에서 후미 안쪽을 보고 쇼하테 마을로 뱃머리를 돌린 그 작은 배에 지휘관과 당번병이 타고 있는 모습을 발견한 것입니다. 바람이 불어 뱃머리는 빙빙 돌았습니다. 그렇지만 곧 배가 목적지인 해안에 도착하자 중위는 바위 위로 올라가 오구스쿠 당번병으로부터 가래엿 꾸러미를 받아들고 어둠 속 마을로 사라졌습니다. 오구스쿠는 말뚝에 배를 매고 앉아 턱을 괴고 자신의 동료들이 일하고 있는 반대쪽 해안을 멍하니 바라보았습니다. 랜턴 불빛이 물가에서 퍼졌다 작아졌다 하는 것을 보고 있으니까 어렸을 때 울다 웃다 하던 가로등이 십자가처럼 늘었다 줄었다 하는 것과 뒤죽박죽이 되었습니다. 검은 구름이 하늘 가득 나온 것 같았습니다.

중위가 찾아간 집은 거실과 부엌 두 칸밖에 없는 매우 허름한 움막 같은 집이었습니다. 그런데 집 안에는 아이들이 많이 있었습니다. 주인 독기(督基) 씨는 약 한 달 전에 우섬 구냐에 가서 아직 돌아오지 않았다는 것이었습니다. 안주인 우이노는 이런 말을 했습니다.

"중위님, 이렇게 많은 아이들을 좀 보세요. 옛날 어렸을 적 모습이 분명 이랬을 거예요."

중위는 웃었습니다. 정말 도쿠 구마, 요치, 도쿠 지로, 리에, 도쿠 조, 그리고 갓난아기 도쿠 욘, 이렇게 많이 있다— 어린 요치는 그중에서 누나처럼 행동하고 있었습니다. 벌써 자고 있던 남동생 도쿠 지로와 도쿠 조도 여동생 리에도 생긋 웃으면서 일어났습니다. 요치는 손윗 누나 같은 얼굴을 하고 동생들의 행동거지에 대해 일일이 타이르기도 했습니다. 우유 같은 냄새로 가득 차 이렇게 많은 아이들이 있다는 사실에 삭 중위는 왠지 쓸쓸한 느낌이 들어 도저히 견딜 수가 없었습니다. 그것은 가슴이 꽉 막히는 것 같은 쓸쓸함이었습니다. 만약 그날이 왔을 때는 이 연약한 아이들은 어떻게 되는 것일까. 그 생각에 안절부절못하고 있었습니다.

"이 섬에 적이 상륙해 오면 이 아이들을 어떻게 할 건가요? 중위님, 적은 상륙해 오는 겁니까?"

우이노는 이렇게 물었습니다.

"이런 작은 섬에 오겠습니까?"

중위는 얼버무렸습니다. 그리고 그런 식으로 시치미를 떼는 것도 더 이상 참을 수가 없어서 그만 작별인사를 했습니다. '적이 상륙해 올 것 같아서 작별하러 온 거 아닙니까.' 아이들은 중위가 갖다 준 가래엿을 맛있게 먹으면서 무릎을 맞대고 현관 입구에 일렬로 섰습니다.

"중위님, 안녕, 쇼하테 중위님."

중위는 아이들 손을 꼭 잡았습니다. 오! 부드러운 손, 세상에서 이렇게 부드러운 것이 또 있을까. 요치는 어른스러운 어조로,

"중위님, 도에가, 도에가 생선을 아주 많이 사 왔으니까 쇼하테 중위님과 함께 먹으러 오세요"라고 숨을 헐떡거리며 말했습니다.

삭 중위 앞에 이미 이 세상 일은 아무것도 아니었습니다. 이제 곧 명령이 떨어지면 그 동굴 속의 배를 타고 적의 배에 맞서 싸워야 하는 비정한 자신과 51명 각자의 기구한 운명의 모습만이 기다리고 있는 것입니다. 배 있는 데까지 가는데 다리가 떨렸습니다. 털썩 배에 올라 타자 오구스쿠는 해안가에서 계속 노를 젓고 있었습니다. 때마침 초조해서 안절부절못하는 사람처럼 쏴—하고 수면 위로 떨어지는 것이 있었습니다. 주위가 온통 빗줄기로 가득 찼습니다. 수면에는 마마자국 같은 것이 가득 생겼습니다. 두 사람 모두 말없이 비를 맞았습니다. 우이노가 준 땅콩을 오구스쿠의 호주

머니에 넣어 주자 오구스크는 조용히 고개를 떨구었습니다. 일은 이제 다 끝났는지 지탄, 사가시바마, 다간마, 스기바라, 우지레하마는 모두 아무 소리도 없고 여름철 매미울음처럼 빗발만 퍼붓고 있었습니다.

다음날은 하루 종일 비가 왔습니다.

그리고 이 섬에 닥쳐올 위험은 다 지나간 것 같았습니다. 적은 여기서 멀리 떨어진 동쪽 작은 섬에 새로운 작전을 개시했습니다.

빗발은 점점 굵어져 장대비가 내렸기 때문에 오후에는 모두 쉬었습니다. 중위는 피곤해서 자기 방에서 잤습니다. 마루 밑에서 어린 청개구리가 우는 것을 듣는 사이에 그만 잠이 들어 버렸습니다.

…꿈속에서도 옆방의 사람 소리가 시끄러워 도저히 잠을 잘 수가 없었습니다. 그런 방약무인한 놈은 도저히 용서할 수 없다고 생각하며 엎치락뒤치락하는 사이에 눈을 떴습니다. 방은 깜깜했습니다. 어느새 다시 밤의 장막에 휩싸이고 비는 여전히 내리고 있었습니다. 옆방에서는 실제로 사람 소리가 났습니다. 꼭 들을래서 들은 건 아니지만, 다음과 같은 말이 귀에 들어왔습니다.

언제 어떤 명령이 올지 모르는데……모두가 중요한 일…그렇기 때문에…4호 동굴…자고 있을 수 없다.…

삭 중위에게는 그 의미가 금방 와 닿았습니다. 하야히토 소위의 뱀처럼 차갑고 가라앉은 눈 색깔을 떠올리고는 흠칫 놀라 자신도 모르게 그만 일어난 것입니다.

중위는 일부러 발소리를 크게 내서 옆방으로 갔습니다. 옆방에서는 램프를 세 개나 켜고 하야히토 소위가 부하 중에서 핵심인 스물 세 명을 모아 놓고 술을 마시고 있었습니다. 번들거리는 시뻘건 얼굴을 램프 불빛에 비치며,

"그건, 그건 말이죠, 삭 중위님."

술취한 어조로, 그래도 약간은 겸연쩍다는 듯이 이렇게 말했습니다.

"시끄러워서 잠을 잘 수가 없네."

스물세 명의 핵심 부하들은 약간 곤란해 하며 술이 깬 듯한 모양을 했지만, 삭 중위는 조금도 웃지 않고 선 채로 말했습니다.

"하야히토 소위, 동굴 4호 이야기는 정말인가?"

"글쎄요, 정말이든 아니든 보시면 알 텐데…"

하며 한 부하 쪽으로 상기된 얼굴을 돌렸습니다.

"그래."

중위는 그렇게 말하고 조용히 그 방을 나와 자기 방으로

돌아와서 감색 레인코트를 내려 그것을 걸치면서 빗 속으로 나갔습니다.

얼마 있다가 당번병이 동굴 4호의 작업담당자 집합 명령을 전하고 빗 속을 걸어갔습니다. 그것을 들은 하야히토 소위는 갑자기 가슴이 덜컥 하는 표정을 지었지만, 쓴웃음을 지으면서 오른손으로 얼굴을 만지며,

"야, 이 몸은 잠이나 좀 자 볼까? 너희들도 자는 게 어때? 그렇지 않으면 동굴 4호를 맡든가"라고 말하고 벌써 침대 위에 몸을 눕히고 있었습니다.

동굴 4호 앞에는 약 열 다섯 명이 마지못해 모였습니다. 애써 쌓아올린 흙포대는 무참하게 무너져 내려 있었습니다. 그곳은 지면이 약한 데다 산의 지하수가 지나가는 길이었는지 작은 강처럼 물이 솟아 나와 완전히 흙을 씻어 내리고 있었습니다. 무너진 흙포대를 보고 중위는 그것이 추한 자신의 모습 같다는 생각이 들었습니다. 모인 사람들은 웅성거리던 소리를 멈추었습니다. 빗물은 목덜미며 소매며 할 것 없이 간담이 서늘하게 살 속으로 흘러 들어왔습니다.

"선임자는 모인 사람 수를 확인하라."

그렇게 중위가 말하자, 누군가가 작은 소리로 체, 일이 안 되겠는데라고 말했습니다. 중위는 그것을 듣고 가슴이 콱 막혔습니다. 마침내 그것은 온몸이 달아오르는 듯한 부끄러

움으로 변했습니다. 그러자 벌컥 분노가 솟아 올랐습니다.

"기다렷!"

스스로도 놀랄 만큼 쩌렁쩌렁한 소리가 나왔습니다.

"너희들은…너희들은 지금 곧 막사(兵舍)로 돌아가 쉬어도 좋다. 마음 편히 푹 쉬어도 좋다."

마을에까지 들릴 것처럼 커다란 목소리였습니다. 그 순간 열 다섯 명은 그곳에서 꼼짝도 하지 않았습니다. 가만히 움직이지 않고 비를 맞으며 중위의 다음 말을 기다렸습니다. 그러자 중위의 얼굴에는 획 하고 살기(殺氣)가 지나간 것 같았습니다. 하지만 다음 순간에는 그것은 일그러지면서 우는 얼굴로 변하여 들고 있던 대나무 지휘봉을 휘두르며 외쳤습니다.

"알아들었으면 가서 쉬어도 좋다. 좋다면 좋은 것이다."

평소와 다른 지휘관의 흥분한 얼굴에 약 열 다섯 명의 병사들은 겁에 질린 표정으로 각자의 막사로 돌아갔습니다. 그 뒤에 남은 중위는 혼자서 그 일을 하기 시작한 것입니다. 처음에 물이 흐르는 일대를 파냈습니다. 그것은 한 줄로 길게 흙을 파내는 일이었습니다. 그 파낸 도랑에는 자갈을 넣었습니다. 그리하여 혼자서 들기에는 굉장히 무거운 흙부대를 하나씩 쌓아 갔습니다. 그 일이 완전히 끝날 무렵은 이미 한밤중이었고 어느새 비는 그쳐 있었습니다. 구름 사이로 달이 나와 있었습니다. 그날은 음력 16일 밤의 달이었습니다. 이 애처로운 중위의 머리는 열병 같은 교향악으로 가득 찼습니다. 허리에 손을 얹고 쳐다본 구름 속의 달님은 매우 험악한 느낌이었습니다. 그는 자신의 운명 같은 것을 느끼지 않을 수 없었던 것입니다. 그날 밤도 살아 있었던 것입니다. 그리고 또한 적이 우섬과 가게로섬을 노리고 쳐들어 오는 것은 틀림없이 달이 뜬 밤일 것이라는 갑작스런 계시에 그는 쓰러졌습니다. 그는 자려고 본부인 통나무집 쪽으로 오는 도중에 고개에 오르는 길이 둘로 나뉘어 있는 곳에 왔습니다(도에가 생선 많이많이 사 왔으니까…). 그 고개는 작은 고개로, 그것을 넘으면 도에의 마을이 눈 아래로 보일 거라고 생각했습니다. 갑자기 유괴되는 것처럼 중위는 고개로 가는 길을 고르고 있었습니다. 그가 쇼하테에 주둔하게 되자마자 이웃 마을의 도에에 관한 이야기는 자주 귀에 들어왔고, 그 마을에 도에가 있다는 것은 이미 운명처럼 여겨졌습니다. 그러나 중위는 아직 한 번도 도에를 본 적은 없었습니다. 산마루를 빠져 나오는 도중에는 인간 같은 소리로 우는 개구리가 한 마리 있었습니다.

산마루에는 성냥갑처럼 아주 작은 집이 서 있고 중위의 부하가 불침번을 서고 있었습니다.

"지휘관님, 산마루 위 역시 여기서 바라볼 수 있는 시계

(視界)의 범위에서는 수상한 것은 없고 또 요란한 소리도 들리지 않는 것 같습니다. 비는 0030에서 정지했습니다."

자기 지휘관의 모습을 발견한 불침번은 이렇게 말했습니다. 중위는 말없이 고개만 끄떡였습니다. 눈 아래에는 바다 색깔이 달빛으로 새파랗게 빛나고 있었습니다. 마을은 좀더 산등성이를 돌아가야 보입니다. 중위가 산마루 저쪽으로 내려가는 모습을 보고 불침번은 물었습니다.

"지휘관님, 어디 가십니까?"

"산마루 저쪽 파란 달밤의 마을에는 진주를 삼킨 차가운 물고기가 도마 위에서 죽은 척하고 누워 있다. 나는 꼭 그 모습을 이 두 눈으로 똑똑히 보고 와야 한다."

지휘관은 목에 힘을 주고 그런 대답을 해 주었습니다.

능선을 따라 한 바퀴 돈 곳에는 용수나무가 왠지 으시시한 기분이 들게 하는 많은 손을 뻗치고 길에 널려 있었습니다. 이 나무는 악마의 나무인 것입니다. 요치의 소름이 끼치는 가늘고 끈끈한 목소리가 들리는 듯한 기분이 들었습니다. 그 아래를 달리다시피 해서 지나자 도에의 마을이 놋그릇 밑바닥처럼 서로 어깨를 맞대고 잠들어 있었습니다. 그 마을의 정경은 삭 중위의 마음을 깊이 사로잡았습니다. 삭 중위는 태어나서 28년 동안 이런 인상깊은 밤 마을을 본 적이 없는 듯한 기분이 들었습니다. 그리고 그 이후로도 이 마을의 한낮의 모습을 볼 일은 없었지만—나에게는 완전히 밤의 마을이었습니다. 인가는 꽤 많은데 마을을 지나다니는 사람의 그림자는 하나도 없었습니다. 마을의 집안에서 인기척이 났지만, 불빛은 조금도 새어 나오지 않았습니다. 마을 길은 모두 삭 중위 혼자만 걸어다니라고 만들어진 것 같았습니다. 달빛 덕분에 모든 것들은 새하얗고, 그 형태는 거무스름하게 윤곽이 쳐져 있었습니다. 게다가 중위는 마을 골목길에 들어서자 뭐라고 표현할 수 없는 향기에 휩싸이고 말았습니다. 비유해서 말한다면 대체로 달콤하지만, 홍귤나무 열매의 시큼함으로 딱 알맞게 발림되어 있었습니다. 좀 전에 내린 비로 마을은 습기가 퍼져서 그 냄새는 숨막힐 듯이 자욱했습니다. 마을 곳곳에는 오래된 거목들이 있고 수염처럼 길고 많은 잔뿌리와 줄기를 드리우고 있었습니다. 그 거목들은 서로 어깨를 기묘하게 맞대고 마을을 감싸고 있었습니다. 이름 모를 꽃들이 밤에만 살짝 그 봉오리를 핀다는 말조차 있었습니다.

중위는 무슨 일인지 가만히 발소리를 죽이고 사람 하나 없는 달밤의 마을을 걷고 있었습니다. 그리고 자신의 발소리에 가슴을 조이며 어느 집 안마당에 들어선 것입니다. 중위를 인도한 것은 장지 너머로 흔들거리고 있는 촛불 빛이었습니다. 어째서 저기만 불이 켜져 있는 것일까. 이런 야심한 밤에—그렇게 생각하면서 중위는 장미덩굴로 뒤덮인 담장을 빙 돌아 마당 안쪽 깊숙이 발을 들여놓자 마당 가득 썩은 이파리들이 빗물에 젖어 눈동자처럼 빛나고 있었습니다. 썩은 이파리의 눈동자는 켜켜이 쌓여 있어 중위가 걸을 때마다 이파리들이 부딪치는 소리를 냈습니다. 삼면에 종이 장지를 둘러친 그 방을 틈새로 들여다보니 호화로운 책상 위에 생선 요리가 한 접시 놓여 있고, 은제 촛대의 촛불이 크게 흔들리는 것이 보일 뿐, 사람 그림자는 없었습니다. 좀 더 자세히 보기 위해 바닥에 손을 짚으려다 그만 깜짝 놀랐습니다. 거기에 뭔가 엎드려 있는 게 있었습니다. 그리고 백합의 꽃술에서 풍기는 향기가 나는 듯한 느낌이 들었습니다. 원피스 같은 간편한 옷을 입은 젊은 여자가 주인 없는 강아지처럼 혼자 자고 있던 것이었습니다. 중위는 순간 도에라는 생각이 들었습니다. 중위는 손바닥 안에 들어갈 듯한 작은 회중전등을 꺼내 도에의 얼굴을 비추었습니다. 커다란 둥근 얼굴에 그만 놀라고 말았습니다. 볼 주변에 희미하게 주근깨가 있는 것이 확실히 눈에 들어왔습니다. 도에는 눈이 부신 듯 눈을 깜빡거리고는 오른손으로 중위를 때리는 시늉을 하고 싱긋 웃었습니다. 그것은 입가가 가늘고 길게 꽉 다물어진 특징이 있는 미소였습니다. 그리고 상반신을 일으켜 옷자락을 잡고,

"달님인가 했네."
하고 말했습니다.

"미안해요. 그래도 자고 있던 건 아니었나 봐요."

그러고 나서 이내 일어나서는 용수철 같은 걸음걸이로 걸어가 장지를 열어 젖히고는 중위를 맞아들였습니다. 촛불이 도에의 모습과 마주보게 되자 도에의 몸이 옷속으로 비쳐 보였습니다. 다 타 들어가는 초를 새것으로 갈기 위해 미농지로 둘러싼 은촛대를 들여다보는 도에의 얼굴은 선홍색의 보색이 되어 빛났습니다. 촛대를 한가운데에 두고 중위와 도에는 약간 비스듬히 앉아 차가워진 생선 요리를 말없이 바라보고 있었습니다. 중위는 생선은 그다지 좋아하지 않았습니다.

"도에."
하고 중위가 부르자,

"예?"

그때까지 눈을 떨구고 있던 도에는 중위의 눈을 보았습니다. 그리고 그녀의 운명을 간파한 것입니다.

"나는 누구입니까?"

"쇼하테의 중위님입니다."

"그럼 당신은 누구요?"

"도에입니다."

"생선은 도에가 다 먹어요."

도에는 웃었습니다. 도에는 처녀답게 통통하게 살이 쪄 있었습니다. 한창 장난이 심할 때의 어린 계집아이처럼 튼튼하고 옹골차 보였습니다. 단지 사팔뜨기라서 자기 쪽을 보지 않아 편리한 점은 있었습니다. 그 눈동자를 보았을 때 중위는 자신이 포로의 몸이 되어 버린 것을 알았습니다.

마침내 묘성(昴星)이 동쪽 하늘에 보이기 시작하면 이제 곧 새벽녘의 금성이 반대쪽 우섬의 간마산 꼭대기에 빛나기 시작한다는 것을 알 수 있었던 것입니다.

부지휘관인 하야히토 소위를 비롯하여 부하들이 모두 잠들어 버리면 삭 중위는 산마루를 향해 걸었습니다. 그리고 그 도중에는 꼭 한 번씩 저 인간 같은 소리를 내는 한 마리의 개구리에게 위협을 당했습니다. 산마루에 서 있는 불침번 병사 앞을 지날 때는 매우 괴로웠습니다. 하지만 우섬 간마산에 금성이 빛나기 시작할 무렵에는 지휘관의 방은 중위의 기척으로 채워졌습니다. 그러나 넋나간 지휘관 삭 중위의 심야의 행동은 불침번 병사들의 입을 통해 부대 전체로 퍼지고 말았습니다.

동쪽 섬에서 적의 작전은 막바지에 다다랐습니다. 가게로 섬에서는 밤중에도 적의 비행기가 날아올 것처럼 비상사태가 되었습니다.

어느 날 밤, 중위는 사팔뜨기 도에를 보고 있었습니다. 도에는 노래를 불렀습니다. 비행기에서 불빛이 보이지 않도록 복도에는 출입문을 닫고 촛대에는 도에의 옷을 씌우고 지냈습니다.

놀기에는 너무 짧은 여름밤이여
초저녁인가 했더니 이슥한 한밤중
무심코 닭울음 소린가 했는데
벌써 날이 밝았구나

도에가 노래를 부르고 있는데 어디선지 둔탁한 소리가 귓전에 들려 왔습니다. 그것은 남쪽으로부터 처음에는 들릴 듯 말 듯한 낮은 소리가 점점 가게로섬 쪽으로 다가오는 것입니다.
도에는 노래를 멈추고 중위에게 꽉 매달렸습니다.
"적군이 온다."
그렇게 말하고 덜덜 떨었습니다.
"도에, 뭐가 무서워?"
중위는 웃어 보여도 도에는 계속 떨고 있었습니다.

"적, 적군이 온다. 나도 다 알고 있다."

그리고 중위의 얼굴을 뚫어지게 바라보며 말했습니다.

"가면 안돼. 다 알고 있어. 동굴 속에 무엇이 들어 있는지 알고 있다고. 무섭다. 도에 무섭다. 쉰 한 명의 일도 알고 있다. 도에 무섭다. 가면 안돼."

중위가 도에를 달래고 돌아오는 길에 산마루의 바로 그 용수나무 밑에 이르자 예상대로 산 아래 마을에서 수상한 소리가 자꾸 귓전에 들려와 걸음을 방해하는 것입니다. 그리고는 거기에 점점 끌려 들어가는 것입니다. 그것은―마을 전체가 파란 늪 밑에 잠겨 마을 사람들의 슬픔이 응집되어 저주의 소리가 울려 퍼지는 것입니다. 마침내 가늘고 길게 이어지는 한 미친 여자의 음성이 되어 늪 밑바닥에서 메탄가스처럼 한없이 솟아올라 산마루를 넘어 마을을 빠져 나가는 청년을 잡고 놓아 주지 않는 것입니다. 그 노랫소리는 길게 꼬리를 물고 이어져 지금까지 어떤 음악에서도 들은 적이 없는 선율이었습니다. 중위는 양손으로 귀를 꽉 막고 발길을 재촉하지만, 그 소리를 듣지 않을 수는 없었습니다. 그것은 도에가 맨발로 바닷가에 뛰어나와 노래를 부르고 있는 것임에 틀림없습니다. 가나(加那)야, 이제 보이지 않는구나…라고.

하야히토 소위도 간밤에 한숨도 못 잤는지 쑥 들어간 눈을 하고 옷을 입기 시작했습니다. 하야히토 소위는 밤에도 마음 놓고 잘 수 없었습니다. 지휘관이 정말 지휘관의 방에서 자고 있는지 어떤지 마음에 걸리는 것이었습니다. 지휘관의 방에서 딱 하고 소리가 날 때마다 옆방에서는 하야히토 소위의 눈이 이상하게 빛나고 있었던 것입니다.

그러나 이제 그런 걱정은 필요없게 되었습니다. 전쟁은 막바지에 온 것입니다.

지휘관은 낮이나 밤이나 부대 밖으로는 한 발도 나오지 않게 되었습니다. 운명의 날, 그 순간을 위해 지휘관인 삭 중위는 방에서 두문불출했습니다. 그리고 51명을 한곳에 모아 놓고는 최후의 일에 대해 자세한 의논을 했습니다.

그것은 언제라고 딱 날짜가 정해진 것은 아니었습니다. 하루하루의 문제였습니다.

낮에는 적의 비행기가 위험해서 일하는 것은 도저히 불가능했습니다. 그래서 낮에는 동굴 속에서 자고, 밤이 되면 일어나 일을 했습니다. 그래도 마음 놓고 평소처럼 할 수는 없었습니다. 밤에는 밤대로 밤눈을 가진 비행기가 날아 왔습니다.

도에는 어떻게든 기다리고 있었을 것입니다. 도에에게는

밤만이 이 세상이었습니다. 낮에는 자신도 무엇을 하는지 알지 못했습니다. 실없이 웃어 보기도 하고, 혼자 지껄이기도 하고, 감자를 캐기도 하고, 땅콩을 심기도 하고, 머리를 늘어뜨려 보기도 하고, 리본을 달아 보기도 하고, 설탕을 먹어 보기도 하고, 유유히 마을을 산보하기도 했습니다.

저녁 무렵이 되면 도에는 생각했습니다. 오늘 밤에는 꼭 오실 거라고. 그리고는 가만히 마당 쪽으로 귀를 기울이는 것이었습니다. 마을 사람의 발소리에도 가슴이 덜컹했습니다. 마침내 몇 번이나 놀라는 사이에 깊을 대로 깊은 밤을 견디지 못해 복도로 나와 하늘의 별을 바라보았습니다. 그리고는 지난날을 생각하며 밤을 지새웠습니다.

자신이 앞으로 어떻게 될지 알 수가 없습니다. 주르르 눈물이 흘렀습니다.

오늘 아침에 뵙고도 저녁이 되년
또 뵙고 싶습니다
어째서 열흘 스무날
헤어져 있어야 하나

도에는 그런 노래를 불러 보았습니다. 그리고 또 불러 봐도 여전히 가슴이 복받쳐 올랐습니다. 도에는 자신이 어째서 이렇게 되었는지 알지 못합니다. 삭 중위와의 사이에 이상한 정을 느꼈을 때 도에는 정신이 이상해진 것 같았습니다. 그리고 자기 몸을 쳐다보고 자기가 인간이라는 것을 얼마나 슬퍼했던지. 도에는 그저 기도만 했습니다. 도에가 믿고 있는 신을 향해서. 도에는 사실은 업동이었던 것입니다. 그것은 나이든 스물 세 명의 마을 사람만이 알고 있던 비밀이었습니다. 도에의 어머니는 엄격한 계율의 가정에서 태어난 사람이었지만, 도에를 낳고 곧 죽어 버렸습니다. 그것은 도에가 나이가 들면서 자연스럽게 도에의 귀에 들어왔습니다. 언제 어떤 식으로 지금 살고 있는 집에 온 것인지는 알 수 없었지만, 세상 물정에 눈을 떴을 때 도에는 가죽표지로 된 책을 한 권 갖고 있었던 것입니다. 그 책은 어머니 것이었음에 틀림없다고 생각했습니다. 그리고 자기도 모르는 사이에 믿고 있던 신은 틀림없이 어머니가 믿고 있던 계율의 가르침을 주는 신일 거라고 생각했습니다. 그 신께 기도할 때 도에는 책에 가만히 얼굴을 갖다댔습니다. 그러면 책의 표지에 새겨진 두 개의 길고 짧은 가느다란 은색 직사각형이 교차하는 문장(紋章)이 볼의 온기를 빼앗는 것이었습니다. 이것을 도에는 누구에게도 이야기하지 않았습니다. 사람들은 그것을 사교(邪敎)의 가르침이라고 할 것이 틀림없다고 생각했기 때문이었습니다.

중위는 점점 사소한 일에도 화를 내는 사람으로 변해 갔습니다. 도에는 그것을 절실히 느꼈습니다. 도에는 중위가 뭔가에 정신이 나갔다는 것을, 그리고 소외당하고 있는 것 같다는 것도 알았습니다. 가엾은 중위님, 도에에게만은 마음놓고 하고 싶은 대로 뭐든지 다 해요. 도에에게는 중위의 과민한 신경이 그 가슴으로부터 전해져 오는 것을 알고 있었습니다. 도에는 갑자기 저주스런 기분이 들었습니다. 왜 왜 왜. 언젠가 금성이 간마산 꼭대기 위로 떠 올라 그만 당황해서 줄달음질쳤던 중위님의 뒷모습. 그때 도에는 마을 광장에 우뚝 서서 아침안개에 휩싸인 산마루로 향하는 적토길(赤土道)을 한없이 바라보고 있었는데.

도에가 있는 해변가 마을의 아침안개
군복 소매에
이별의 눈물
이별의 눈물의 입술 자욱

그러자 다시 눈물이 주르르 볼을 타고 흘러 내렸습니다. 적이 접근하고 있는 것은 도에에게도 어렴풋이나마 느껴졌습니다. 중위님이 왜 요즘 도에가 있는 곳에 오시지 않는지도 알고 있었습니다. 그리고 점점 적이 접근해 오면 중위님이 어떻게 할지는 너무 잘 안다고 할 만큼 확실히 알고 있었습니다. 그래도 도에는 매일 밤마다 묘성이 하늘 높이 떠서 간마산 꼭대기에 금성이 빛나기 시작할 때까지 툇마루에 조용히 앉아 있었습니다. 그 해의 금성은 마침 공교롭게도 두 사람에게는 둘이 헤어지는 시각의 별이었다는 것조차 별 것 아닌 걸로 생각했을 만큼.

어느 날, 적의 비행기가 없는 틈을 타서 중위님의 부하 오구스쿠가 정신없이 달려와서 도에에게 가늘고 길게 싼 하얀 꾸러미를 건네주고 다시 급히 돌아갔습니다.

도에가 숨을 멈추고 흰 꾸러미를 풀었더니 단검 한 자루가 나왔습니다. 도에는 깜짝 놀랐습니다. 단검은 은장식이 달린 칼집에 들어 있었습니다. 그리고 글이 덧붙여 있었습니다. 거기에는 곶(岬) 서쪽의 제염소가 있는 쪽 바닷물의 첫번째 썰물 시간은 오늘밤 12시라고 괴발개발로 쓰여 있었습니다.

쇼하테에 삭 중위의 부대 사람들이 주둔해 오기 전에는 도에의 마을 사람들은 바닷물이 빠지는 시간을 가늠하여 바위 너설이 있는 바닷가를 따라 곶(岬) 쪽으로 돌아서 쇼하테로 가는 일도 있었습니다. 쇼하테 근처에 소금을 만드는 집이 서 있었던 것입니다. 그곳은 주둔지의 가장 북동쪽 끝에 해당하는 지탄이라는 바닷가 바로 옆이었습니다. 그러나 곶

주위는 매우 위험했습니다. 바닷물이 빠질 때의 처음 몇 분 동안만 바닷가를 돌 수 있었지만, 곧 파도가 밀려와 뾰족한 바위에 부딪혀 곶은 굳은 표정의 입불상(立佛像)이 되어 버려 오도가도 못하게 되는 것입니다. 게다가 바위 사이에는 가끔 무서운 독사가 몸을 사리고 사람에게 달려들려고 기다리고 있는 것입니다.

도에는 마을이 완전히 잠들고 나서 기회를 보아 바닷가로 나왔습니다. 그러나 중위님은 바닷물이 들고 나는 시각을 잘못 알고 있었습니다. 마을에서 가까운 바닷가에서는 아무것도 아니었지만, 곶이 가까워지면 점점 갈 길은 험해져 바닷물은 만조가 되어 있었습니다. 도에는 산 능선의 낭떠러지를 조심조심 걸어야만 했습니다. 그리고 그것은 독사에게 물릴 염려 때문에 더 위험했습니다. 그중 산 능선이 우뚝 솟아 있어서 도저히 걸을 수 없는 장소가 있었습니다. 그런 상황에서 도에는 미끄러운 바위를 잡고 바닷속을 넘었습니다. 백월(白月)로 향한 달은 이미 지고 있었습니다. 바다 밑은 뾰족한 바위와 삐죽삐죽한 조개들이 숨어 있어서 발을 다쳤습니다. 야광충이 도에의 옷에 잔뜩 달라 붙어 깜빡거렸습니다. 비릿한 바다 냄새가 코를 찌르고 도에는 울었습니다. 용수나무 밑을 지날 때는 도에도 요치도 똑같이 귀신이 두려웠던 것입니다. 꿈속에서처럼 지나왔습니다. 바다 저쪽에서는 가끔 노 젓는 소리가 들려 왔습니다. 이런 야심한 밤에 누가 지나가는 것일까. 그것은 분명히 망령일 것이라고 도에는 생각했습니다. 바람이 윙윙 불고 있는 곳도 있었습니다. 도에는 눈을 감고 바위 뒤에 쭈그리고 앉아 기도했습니다. 망령이 지나가면 절름발이가 된 다리를 끌고 또다시 산 위의 바위 사이와 바닷속을 걸었습니다.

한편 삭 중위는 눈을 떴습니다. 베갯머리의 야광시계를 보니 바늘은 12시 15분 전을 가리키고 있었습니다. 몽롱한 조각그림 같은 것이 삭 중위 머릿속에 들어와 뭉게뭉게 피어 올랐습니다. 그래서 불침번에게 나는 제염소 있는 데서 밤바다를 보고 있을 테니 용무가 생기면 주저없이 큰 소리로 부르면 곧 뛰어 오겠다고 말해 놓고, 제염소가 있는 바닷가로 갔습니다. 도에가 오는 방향의 어둠 속을 뚫어지게 바라보니 바닷물이 산 있는 데까지 철썩거리고 있는 것을 발견했습니다. 큰일났다!라고 중위는 생각했습니다. 그래도 도에는 온다! 꼭 온다. 하지만 매우 어려움을 겪으며 올 것이다. 갑자기 가슴이 치밀어 오르면서 도에가 가엾다는 생각이 들어 도저히 견딜 수가 없었습니다. 가만히 있을 수가 없는 것입니다. 하지만 꼼짝도 하지 못하고 그 자리에 붙박혀서 있었습니다. 마침내 몹시 주저하는 듯이 바닷가 모래 밟는 발소리가 점점 가까워졌습니다. 자신도 모르게 바위 뒤에 숨었습니다. 그 발소리가 바위 있는 데에 와서 갑자기 멈추어 서자 중위는 조용히 바위 뒤에서 나와 그 검은 그림자를 가슴에 꽉 안았습니다. 도에는 말없이 안겼습니다. 땀에 절은 머리카락 냄새가 났습니다. 중위는 도에의 얼굴을 가슴에서 떼어 어둠 속에서라도 보려고 했습니다. 희미하게 보이는 흐트러진 머리카락이 땀으로 이마에 달라붙어 있었습니다. 중위가 양손으로 도에의 눈가를 더듬자 손가락이 젖었습니다. 그리고 갑자기 뜨거운 물방울을 손가락 끝으로 느꼈습니다. 왠지 바지 주위가 차가워서 이상하다 생각하고 도에의 몸을 더듬어 보니 허리에서부터 그 아래가 흠뻑 젖어 있다는 것을 알았습니다. 깜짝 놀라 자세히 보니 허리 주위에 해초가 달라붙어 있었습니다. 도에가 어떻게 해서 여기까지 왔는지 잘 알 수 있었습니다. 가슴이 꽉 막힐 듯이 아팠습니다. 발을 보니 도에는 맨발이었습니다. 그리고 여기저기 피가 나 있었습니다. 중위는 자신의 몸으로 도에를 따뜻하게 해 주려고 했지만, 도에의 몸은 좀처럼 따뜻해지지 않았습니다. 도에는 윗옷의 손목과 바지의 발목 부근에 고무줄을 넣어 몸을 꽉 조이고 있었습니다. 그래서 그곳이 고무줄 때문에 움푹 들어갔습니다. 중위는 아무 말도 하지 않았습니다. 도에도 조용히 자기 심장의 고동소리를 세고 있었습니다. 맞은편 우섬의 갼마산 꼭대기가 뿌옇게 밝기 시작했습니다. 그것은 새벽의 금성이 나올 전조(前兆)였습니다.

도에는 말했습니다.
"저기 말이야" 얼굴은 중위 쪽을 향한 채 손가락만 어둠 속의 곳 쪽을 가리켰습니다.
"뱀이 있었다구?"
그날 밤도 도에는 모험을 한 것입니다.

중위는 이 맨발의 처녀의 작은 심장이 거짓말처럼 커다란 고동소리를 내며 두근두근 뛰는 것이 매우 이상하게 여겨졌습니다. 그녀는 이제 아무것도 생각하지 않으리라는 것이 매우 기묘하게 생각된 것이었습니다. 자신은 이렇게도 다른 것을 생각하고 안절부절못하며 어둠 속을 바라보고 있는데.

그러자 또다시 그 저음의 이상한 소리가 남쪽에서 들리기 시작했습니다. 그것은 다시 가게로섬 쪽으로 다가오는 것입니다. 생포한 작은 새처럼 조금씩 움직이는 도에를 따뜻하게 가슴에 안으면서 중위는 눈과 귀를 소리에 집중했습니다. 그것은 가까이 다가왔습니다. 평소의 소리보다 두세 배나 큰 것이었습니다. 귀에 너무 크게 울려 머리가 아플 정도로 가까이 다가왔습니다. 그러자 눈앞이 보랏빛으로 확 밝아지더니 우섬과 가게로섬 사이의 바다에 새빨간 불기둥이 용처럼 떠올랐습니다. 그것은 순식간의 일이었습니다. 그 불기둥은 곧 사라져 버리고 이상한 소리는 점점 북쪽으로 멀어져 갔습니다.

중위는 새로운 사태를 예지했습니다. 도에를 냉정하게 뿌리쳤습니다. 도에는 깜짝 놀라 중위의 얼굴을 쳐다보았습니다.

"적군이 오는 거예요?"

"괜찮아, 도에. 갑자기 할 일이 생각났다. 중요한 일이라서. 괜찮아. 적은 오지 않아. 하지만 오늘밤은 안돼. 지금부터 돌아가. 걱정하지 말고. 내일 오구스쿠를 보낼 테니까."

"네."

도에는 순순히 대답을 하고 허둥지둥했습니다.

"도에, 걱정하지 마. 내일 곧 상황을 알려 줄 테니까."

"네."

중위는 본부 쪽으로 달려갔습니다. 도에의 너무 고분고분한 대답이 마음에 걸렸습니다. 하지만 조금 전에 본 이상한 폭발은 단순한 일이 아니라고 생각했습니다. 바닷가의 불침번 옆을 지날 때 중위는 소리쳤습니다.

"본부에 이상 없는가?"

"없습니다."

불침번은 씩씩하게 대답했습니다. 중위는 특별히 아무 말도 하지 않고 본부의 상태를 확인했습니다. 모두 조용히 자고 있었습니다. 하야히토 소위도 자는 것 같았습니다. 좀 놀란 건가, 하고 중위는 생각했습니다. 도에가 곶을 빠져 나가는 데 어려움을 겪는 것을 자신이 받는 벌처럼 후회했습니다.

그렇게도 밤낮없이 날아오던 적의 비행기가 갑자기 오지 않았습니다. 그것은 뭔가 심상찮은 침묵이었습니다. 그런 날이 3일 정도 계속되었습니다. 그 무렵은 하루하루가 뚝뚝 끊어져 있어서 옛날과도 앞날과도 연결되지 않은 것처럼 느껴졌습니다. 그것은 끔찍한 일이었습니다. 어떤 일에도 감동을 전혀 느끼지 못하게 된 것입니다. 그리고 옛날 일이 생각난 듯이 피가 거꾸로 솟았습니다. 그런 날은 마음속에 검은 비구름이 낮게 드리우고 있었습니다.

그날 저녁 무렵, 지휘관인 삭 중위는 지탄 바닷가에서 빠알간 저녁놀에 비껴가는 구름 한 조각을 바라보았습니다. 그 구름은 괴조(怪鳥)의 날개처럼 서쪽에서 동쪽으로 사라지고 마침내 주위가 저녁안개에 가려 아무것도 보이지 않게 될 무렵, 당번병이 헐레벌떡 뛰어와 새로운 정보가 들어왔다는 것을 알려 왔습니다. 그 순간 삭 중위는 와야 할 때가

온 것이라고 생각했습니다. 본부의 자기 방에 들어가 정보를 앞에 놓고 이리저리 생각을 굴리고 있는데 당번병 방에서 요란스럽게 전화벨이 울렸습니다. 중위는 가슴이 덜컥하며 공중에 뜬 것처럼 몸이 가벼워졌습니다. 당번병이 뛰어 올라왔습니다.

"대장님, 대장님."

하고 부르면서 삭 중위의 방 앞에 와서,

"방금 명령을 받았습니다."

하고 말하며, 명령이 찍힌 종이쪽지를 삭 중위에게 내밀었습니다. 종이쪽지에는 이렇게 적혀 있었습니다.

조금 전 적의 정황에 대해 전투 출발 준비

"알았어, 전원 집합."

당번병에게 그렇게 말한 후에 삭 중위는 목조 가옥의 자신의 방을 바라보았습니다. 장식 하나 없는 방이 거짓말처럼 하얗게 보이고, 지금까지 소중히 해 오던 거울도 마치 테두리가 없는 것처럼 생각되었습니다. 그 거울은 지금까지와는 전혀 다른 것을 비추어 내는 것이라고 생각했습니다. 그러자 도에의 모습이 떠올랐습니다. 그것은 생각만으로도 비극적인 장면이었습니다. 그러나 그 모든 것이 깊은 단절에 가로막혀 바닷물이 빠지는 것처럼 점점 멀어져 가는 것입니다. 진공상태가 된 마음속으로 삭 중위는 이제부터 자신과 함께 출발할 51명의 부하에게 좀더 가까이 손을 내밀어 위로의 말로 감싸 주지 못한 것을 입술을 깨물며 후회했습니다. 도에에 대해서 말하면 그녀는 이제 삭 중위의 몸 구석구석에 살아 있었던 것입니다.

"하야히토 소위, 갑니다. 뒤를 부탁하오."
라고, 옆방의 하야히토 소위에게 소리쳤습니다. 하야히토 소위는 이 젊은 지휘관의 얼굴을 물끄러미 쳐다보았습니다. 지휘관과는 마음이 맞지 않아 친해지지 않은 것은 아니었지만, 그것과는 별개로 헤어진다는 것은 역시 한없는 느낌을 자아내는 것입니다. 그와 동시에 지휘관과 51명이 떠난 후의 부대를 통솔해 가야만 하는 새로운 상황에 가슴이 들떴습니다.

그런데 어찌된 일일까요. 동굴 앞의 철책도 완전히 제거되고 당장이라도 동굴 안의 것을 바다에 띄울 준비가 완료되고 나서도 많은 시간이 흘렀습니다. 이제 한밤중이 되려고 합니다. 그래도 출발 명령은 떨어지지 않았습니다. 삭 중위는 우선 51명을 재우기로 했습니다. 죽음의 출발 복장을 한 채로ㅡ. 그리고 조건반사처럼 벌떡 일어나 즉시 동굴 안의 배를 탈 수 있는 준비태세를 갖추도록 하라는 것도 잊지 않았습니다. 지금은 오히려 평상시와 같은 상태에 놓여 있다는 것이 고통이기조차 했습니다. 마음이 먼저 앞섰습니다. 그러나 아무 일도 없이 밤은 깊어만 갔습니다. 삭 중위는 전화기 앞에 긴장하고 앉아 저녁 무렵부터 당황하는 자신의 모습을 생각했습니다. 머리속은 얼음처럼 차가워져 있었습니다.

새벽 2시쯤, 당번병 오구스쿠가 뭔가에 홀린 듯한 눈빛으로 삭 중위 앞에 나타났습니다.

"대장님, 귀 좀 빌려 주십시오."

그런 이상한 말을 했습니다.

"뭔가?"

삭 중위는 밖의 어둠 속에서 오구스쿠 앞에 섰습니다.

"도에 씨가 제염소 있는 데 와 있습니다."

"뭐라구!"

삭 중위는 복잡한 감정에 빠져 오구스쿠 당번병의 얼굴을 흘끗 쳐다보았습니다.

오구스쿠는 침묵한 채 두려움에 떠는 눈빛이었습니다. 그리고 작은 봉투 같은 것을 지휘관에게 건네주었습니다.

"알았어, 이제 그런 걱정은 하지 마. 그 다음은 내가 처리할 테니. 자네도 무리해서는 안돼. 일찍 자게."

오구스쿠는 어둠 속으로 사라졌습니다. 삭 중위는 별을 쳐다보았습니다. 저녁 무렵부터 첫번째 별을 보는 듯한 기분이었습니다. 작은 봉투 속의 종이쪽지에는 휘갈긴 글씨로 제염소에 와 있습니다. 뵙고 싶어요. 뵙게 해 주세요. 제발 뵙게 해 주세요. 결코 흐트러진 모습은 보이지 않겠습니다. 도에—라고 되어 있었습니다.

중위는 부대 안을 걸었습니다. 그리고 북동쪽 끝 지탄의 초소가 있는 데까지 왔습니다. 거기서 그 바깥쪽으로 나왔습니다. 바닷가를 조금 걷자 곧 제염소에 도착했습니다. 도에가 정신나간 사람처럼 모래사장에 털썩 주저앉아 있었습니다. 중위가 도에 앞에 다가서도 금방 알아채지 못할 정도였습니다. 그래도 도에는 지탄 초소에 중위의 모습이 보였을 때부터 이미 알고 있었던 것입니다. 도에는 거무스름한 명주 옷을 입고 있었습니다. 밤 눈에도 흰 옷깃이 가슴선을 꽉 여미고 있는 것이 또렷이 보였습니다. 도에는 뭔가 말하려고 했지만 입술이 떨려 말하지 못했습니다. 그리고는 그 자리에 꼼짝않고 서 있는 출발 복장을 한 중위를 머리에서 발끝까지 바라보았습니다. 가만히 손을 내밀어 신발을 만져 보았습니다. 중위는 말했습니다.

"도에, 연습을 하는 거야. 오구스쿠가 놀라서 뭐라고 했는지 모르지만, 연습을 하고 있는 거라고."

도에는 말없이 고개를 가로저었습니다. 중위는 이제 그곳을 떠나야만 합니다. 그리고 도에에게 말했습니다.

"도에, 내일 아침의 내 소식을 기다리고 있어. 걱정하지 말고."

그것이 중위가 도에에게 말할 수 있는 전부였습니다. 그 이외의 것은 중위 자신도 모르는 것을 어떻게 할 수 있겠습니까.

도에는 중위의 발자국 소리가 멀어져 가는 것을 모래에 귀를 대고 듣고 있었습니다. 지탄의 초소 부근에서 불침번에게 뭐라고 말한 것처럼 들렸습니다. 그 소리는 어린아이의 목소리 같았습니다. 그 어느 날 밤인가도 중위는 어린아이 같은 소리를 낸 적이 있었습니다. 도에는 중위에게 들키지 않도록 그 작은 장식이 달린 단검을 흰 천에 싸서 들고 온 것입니다. 그것을 지금 십자가처럼 가슴에 받들고 있는 것이었습니다. 완전히 날이 샐 때까지 도에는 그곳에 있겠다고 생각했습니다. 만약 무엇인가가 바다에 떠서 그것이 48이라는 수만큼 도에의 눈앞에 보이는 해안의 후미진 곳을 외해(外海) 쪽으로 나가 버렸을 때는 그때 이미 도에도 많은 자갈을 소맷자락에 넣고 단검을 가슴에 품은 채 바닷속으로 들어가려고 생각했습니다. 도에는 모래 위에 가만히 앉아 있었습니다. 몸은 열이 오른 것처럼 뜨겁고, 주위의 그 어느 것에도 전혀 신경을 쓰지 않았습니다. 그 사이에 도에는 묘성(昇星)이 나왔다고 생각했습니다. 한참 있다가 도에는 저 별은 얼마나 큰 별님일까 하고 생각했습니다. 그러자 주위는 한 장 한 장 베일이 벗겨지듯이 밝아지더니 곶의 녹색과 바다의 청색이 상쾌한 공기 속에서 선명히 그 모습을 드러냈습니다. 새들도 울기 시작했습니다. 그래서 그런지 산들바람이 불어와 나무 이파리들이 솨솨 하는 소리를 내는 것 같았습니다. 마침내 동쪽 간마산 주변 일대가 금색 화살을 쏘아 별은 하나도 보이지 않고 거짓말처럼 크고 새빨간 태양이 올라왔습니다. 바닷물이 철썩철썩 밀려와 도에는 하마터면 젖을 뻔했습니다. 파도는 호수처럼 잔잔하고, 갯강구가 자갈 사이를 흉물스러운 자태로 빙빙 돌고 있었습니다.

도에는 다시 한 번 단검을 끌어 안았습니다. 일단은 위기가 지나갔다는 것을 안 것입니다.

아스팔트와 거미 새끼들

 누군가의 고지(告知)에 의해 패전 날을 예지할 수 있었을 때 나는 그날을 넘기고 그 다음날로 생을 연장하는 것은 어려울 거라고 생각했다. 그렇다고 해서 자살을 결심한 것은 아니다. 주위 사정으로 어쩔 수 없을 때는 혹 스스로 생명을 끊어야 할 형편에 놓이게 될지도 모른다. 그때는 군복을 입었던 나로서도 어떤 계기에서 자살을 감행할 수 있을지도 모른다. 그러나 나의 군도는 스테인리스이고 권총은 오랫동안 분해해서 청소를 한 적도 없다. 그 조종법도, 순서의 앞뒤도 까맣게 잊어버린 게 아닌가 하는 위구심이 약간 있었다.

 하지만 아무도 알 수 없는 일을 미리 알아 버렸기 때문에 내 얼굴에는 점액질의 모든 걸 알고 있다는 표정이 배어 나왔을 것이다. 나는 현재 관직인 채로 헌병장교 한 명에게 재판을 받게 되었다. 적어도 타인에게 재판받는 위치에 선다는 것은 괴로웠지만, 그 때문에 나는 소극적이기는 하지만 스스로 자신의 생명을 끊을 기회가 선택의 울 밖으로 밀려나 버렸기 때문에 한숨을 놓고 있었다. 자, 지금 자결해야 한다, 하는 무엇인가에 대한 의리신청 같은 것을 하지 않아도 되는 입장에 놓인 것이다. 내 생명의 전말에 관해서는 그 헌병장교가 쥐고 있기 때문에 모든 것은 그 사람 손에 달려 있다. 내가 단지 순순히 따르기만 하면 저쪽에서 마음만 먹으면 내 생명은 끊어지는 것이다. 그 순간의 괴로움, 5미터 다이빙대에서 바닷속으로 뛰어내렸을 때 같은 그 순간의 불안이 지나가면 그 다음은 만사가 끝나 버릴 것이다. 그 순간만 자신에게 약간 영웅심리 같은 암시와 도취를 걸면 별로 어렵지 않게 순응자의 모습 그대로 모든 것을 끝낼 수 있을 것 같다.

　나는 허리에 찬 칼도, 군복도 박탈당하고 그 헌병장교 앞에 앉게 되었다. 그의 말이 아무리 논리정연하게 자신감을 갖고 있어도 도리어 그러면 그럴수록 이미 패전 날짜를 다 알아 버린 내게는 덧없는 것으로 느껴질 뿐이었다. 어째서인지 분명한 기억은 없어져 버렸지만, 당시 군복을 착용하고 있던 것으로 미루어 보아 나는 어떤 중요한 임무의 담당자였던 것 같고, 자신이 상당히 권력을 쥐고 휘둘렀던 것 같은 여운이 그때의 내 체내에 남아 있었다. 그런 만큼 나는 신분을 감추고 있는 일종의 권리를 허영처럼 갖고 다니게 되었고, 한편 그쪽에서는 단지 의심을 하고 있을 뿐 죽이는 것은 나의 비밀스런 배경이 겁나서 감히 하지 못하는 상태였다. 그러나 모처럼 자신의 면전에 일단은 정좌해 있기 때문에 죽지 않을 만큼 호되게 혼내 줘야겠다는 생각은 했던 것으로 보인다.

사실 그날은 항복 정전 전날이었다. 그 다음날 오후 1시. 그 날짜와 시각이, 모든 것이 전환되어 버리는 운명의 시간이라는 것을 나는 이렇게도 분명히 알고 있었지만, 그 운명의 시간이 저쪽으로 건너가 버리기 위해서는 뭔가 혼미한, 차원이 다른 단층이 있고 그 반대편의 시간이 곧 거기까지 와 있다는 것을 알고 있어도 혼미하기 때문에 희생을 면할 수 없다고 생각했다. 가령 나는 이 헌병장교의 손에 죽지 않는다 해도 그 단층을 넘어 밝은 그 다음날들로 연결되어 살아갈 수는 없지 않은가 하고 생각했다. 마음 편히 그 단층을 넘으려 해도 과거의 일들이 나를 짓눌러 양심의 가책을 지워 버릴 수가 없었다.

아무튼 나는 생명을 다한다는 것에 대해서는 먼 남의 이야기 같아서 실감이 나지 않지만, 그렇다고 해서 쉽게 목숨을 끊는 것이라고도 생각하지 않고 시간의 심판을 기다리는 심정으로 헌병장교 앞에서 침묵하고 있었다.

나는 어떤 것을 심문당하든 주장할 것은 아무것도 없기 때문에 단지 내일 오후 1시에는 우리나라는 항복한다는 사실을 냉철하게 마음속에 담고 조용히 기다리고 있을 뿐이었다. 그래서 나는 완전히 입을 닫고 대답하지 않았다. 그는 나를 들이받아 넘어뜨렸다. 그는 군도를 허리에서 풀어 칼집에 넣은 채로 나를 두들겨 팼다. 나는 한 방에 정신을 잃어버렸다. 마침내 정신이 들었지만, 별다른 일은 없고, 다만 몸을 새끼줄 같은 것으로 묶인 것처럼 뼈와 근육이 아파서 움직일 수 없을 뿐이었다. 어쩌면 이대로 죽어 버리는 게 아닌가도 생각했지만, 그것도 어쩔 수 없다기보다는 달리 방법이 없었다. 밝은 빛이 거기까지 들어오는 것이 유감이기도 했지만, 희생을 면할 수 없다면 나도 그 희생에 포함되는 게 아닌가. 죽음의 검은 심연으로 떨어지는 나에게 아무것도 할 힘이 없다. 꾸벅꾸벅 졸며 그런 것을 생각하고 있었다. 빨리 권총 탄환을 넣어 주었으면 하는 생각까지 했다. 헌병장교는 나를 잡아 일으켰다. 그리고 뭔지 알 수 없는 액체가 든 컵을 나에게 주고 그것을 마시라고 했다. 그것을 마시면 뒤로 나자빠져 치매 상태가 된다고 말했다. 나는 그것을 쭉 들이켰다. 그러나 아무런 효과도 느낄 수 없다. 나는 그의 말의 암시와, 그리고 그것은 엷은 희망이었지만 이 분위기를 잘 이용하면 그는 철수해 버리지 않을까 하는 교활

함으로 나에게 약품 따위가 먹힐 것 같은가 하는 자부심을 죽이고 마음을 굳게 먹고 벌렁 뒤로 넘어져 주었다. 그런데 그것이 조금 지나쳐서 나는 정말 머리가 어찔어찔해 왔다. 헌병장교는 혼잣말로 이대로 죽여 버리면 상황이 곤란하다고 하면서 안채를 향해 누군가를 불렀다. 그러자 어떤 처녀가 들어왔다. 우리는 어떤 농가 같은 별채에서, 그리고 나는 그의 린치(私刑)를 당하고 있었던 것이다. 처녀는 내가 빈사 상태로 벌렁 나자빠져 있는 것을 목격했다. 나는 헌병장교만 돌아가 주면 그녀와 함께 달콤한 분위기를 만들어 그 따뜻한 기분 속에서 이 위기를 탈출해 보일 수 있을 텐데 하고 생각했다. 헌병장교는 처녀에게 이 놈의 얼굴을 반듯하게 해 두면 죽을 것이다. 이 놈을 옆으로 눕히라는 말을 남기고 허둥지둥 어딘가로 도망쳐 버렸다.

나는 얼마나 희망이 솟았던지. 나는 처녀에게 도움을 받아 옆으로 눕혀지고, 그렇게 하는 사이에 다소 기분이 좋아졌기 때문에 일어나 앉아 보려고 했다. 그러는 사이에도 나는 처녀의 부드러운 젖가슴과 두툼한 무릎의 탄력에 어느 정도 살아 있다는 확신을 느꼈을 것이다. 그러나 그런 만큼 고통을 당했기 때문에, 그리고 또 이상한 액체를 마셨기 때문에 내가 몸을 일으킴과 동시에 갑자기 기분이 이상해져 두부 찌꺼기 같은 것을 한쪽에 토해 버렸다. 나는 그런 자신을 추하게 생각하고 그 처녀에게 멀리 저쪽으로 가 달라고 부탁했다. 하지만 처녀는 옆을 떠나지 않고 그 뒷처리를 하려고 했다. 나는 자신이 토한 것인데도 그 추악함을 도저히 참을 수가 없었는데, 그 토사물은 나중에도 계속해서 올라왔다.

갑자기 정신이 들었지만, 내 주위에는 그 처녀뿐만 아니라 안채에서 긴 복도를 건너 작은 여자 아이들이 두세 명이나, 나는 시신경도 약간 다쳐서 그 수를 잘 알 수 없었지만, 아무튼 많은 꼬마 아가씨들이 빨간 볼을 하고 흰 정강이를 내놓고 자신의 작은 남동생과 여동생들을 등에 업고 모여 있었다. 내가 그렇게 더러운 토사를 하고 있는 장소에 청결한 소녀들이 무엇 때문에 모여들 필요가 있을까. 나는 스스로 부끄러워서 소리를 내서 저쪽으로 가라고 야단을 쳤지만, 처녀도 소녀들도 꿈쩍도 하지 않고 도리어 그 작은 여자 아이들은 내 입에서 토해져 나오는 것을 재미있다는 듯이 매우 호기심 어린 눈으로 바짝 다가와서 보는 것이었다. 나는 그녀들의 그러한 분위기 속에서 완전히 맥을 못추고 있었다. 결국 아직 남아 있던 딱딱한 거북이 등 같은 것의 귀퉁이가 떨어져 나가 모든 것을 포기하고 나의 그때의 그런 이상한 정신과 육체의 상태나 또 이상한 것을 토하는 것 등을 조금도 가식 없이 그녀들 앞에 적나라하게 보여 주고, 빨리 회복하기로 했다. 나는 그대로 고통의 나른함 속에서 영원히 잠들어 버리는 게 아닌가 생각했지만, 점차 힘이 솟아나 가만 있지 못하고 내일 오후 1시라는 부호 같은 것을 자신의 운명으로 여기며 그날 밤은 그대로 잠든 것 같다.

다음날 나는 늦게 눈을 떴다. 후두부가 저리듯이 무겁고 컨디션이 좋지 않았다. 이런 중요한 날에도 맑은 정신으로 일어나지 못하고 숙취처럼 머리가 띵한 것이 순간 뭔가 부도덕한 일처럼 여겨졌다. 큰일났다고 생각했다. 오후 1시라는 점이 위협적으로 엄습해 왔다. 나는 저녁에 입은 옷차림 그대로였기 때문에 약간 몸단장을 하고 권총집을 어깨에 메고 칼을 차고 모자를 쓰고 신발을 신고 밖으로 나갔다.

여름의 태양이 높이 떠 있었다. 시각은 10시경이었을지도 모르지만, 나에게는 벌써 12시가 지난 것처럼 느껴졌다. 오후 1시에 이미 늦은 것은 아닌가. 그 주변의 작은 산들의 지세가 푸른 바다로 변해 버린 것은 아닌가. 나는 바쁜 마음에 운명의 시간까지 돌아보아야 할 곳을 돌아봐야 한다고 생각했다. 아무튼 결국은 그 순서를 밟아야만 한다고 생각했다. 그것은 무엇 때문일까. 책임감에서였을까. 아니면 얄팍한 위로일까, 어쩌면 나는 이미 변신해 있는 것이 아닐까. 내가 그 주변을 돌아본다고 해서 무엇이 어떻게 된다는 것인가.

게다가 나 혼자만이 그 운명의 시간을 알고 있었다 해도 그 순간까지는 무슨 일이 있어도 입다물고 말하지 않겠다는 것은 뭘 기대하는 것인가. 하지만 나는 그것을 지킬 수 있을 것 같았다. 어젯밤은 다 죽은 것 같던 자신이 오늘 이렇게 운명 앞에서 일순간의 예언자 같은 모습으로 있는 것을 사람들에게 보여 주고 싶었던 것일까. 아직 뭔가에 의지하고 있던 것일까. 나에게 그것을 고지해 준 사람은 누구일까. 게다가 나는 왜 이렇게 운명의 시간에 임박해서야 그 고지의 의미를 깨달은 것일까. 나는 그것을 왜 사람들에게 알리지 않은 것일까. 강의 흐름 속에 왜 이다지도 깊이 휘말려 든 것일까. 아무튼 모든 것은 그 강물에 휩쓸려 여기까지 온 것이다.

나는 어제 어떤 경로로 그런 농가에서 헌병장교에게 붙잡혀 린치를 당한 것인지 생각이 나지 않았다. 그것은 확실히 린치였다. 그 헌병장교 한 사람의 독단으로 판단하기에 나의 어딘가가 비위에 거슬렸음에 틀림없다. 그런데 그 경위는 어찌되었든 간에 나는 부대에서도 이탈한 것으로 되어 있기 때문에 나는 어떤 구실로 해서 부대에 돌아가야 좋을지 예정을 세울 수가 없게 되었다. 누가 뭐라고 해도 어제 그렇게 두들겨 맞고, 게다가 이상한 액체까지 마셨기 때문에 머리의 신경계통이 약간 혼란해졌을 거라고 생각했다.

이제 곧 전쟁이 끝날 시간이 다가와 있는데 나는 불명료한 사고력으로 계산을 맞춰 그 주변을 여기저기 돌아다니려 하고 있었다. 아주 잠깐 사이에 산비탈의 풀덤불 속에라도, 또는 어젯밤 농가의 헛간이나 초가집 속에라도 숨어 있다가 오후 1시라는 시간 바로 직후의 혼란이 정리될 때쯤을 계산해서 무장을 풀고 맨주먹으로 평지 쪽으로 내려가면 되지 않을까 하는 단순한 생각이 떠오르지 않았다. 약간 노출 증세가 있어 나는 그때 사람들이 보는 앞에 있고 싶다는 기분에 사로잡혀 있었다.

나는 이제 막 군용도로로 포장된 산길을 내려갔다. 앞이 확 트인 전망좋은 도로로, 넓은 만(灣)의 전모를 조감하면서 내려갈 수 있었다. 해안선이 긴 모래사장으로 몇 리에 걸쳐 이어져 있고 그런 지세가 이 부근에는 거의 없었기 때문에 적이 만약 상륙해 올 경우에는 이곳으로 침입해 올 것이라는 예상하에 이 지방의 모든 진지 구축이 행해지고 있었다.

나는 우선 해안으로 나가 봐야겠다고 생각했다. 그것은 아마 이제 곧 닥칠 적의 상륙을 각오하고 군인도 마을 주민도 모두 비장한 얼굴을 하고 있을 거라고 생각했기 때문이다. 군인은 진지에 나가 있겠지만, 마을 주민은 어떻게 하고 있을까. 한군데로 집결해 있을까. 이가 떨릴 만큼 무서워서 벌벌 떨고 있을까. 여자들과 어린 아이들은 어디서 어떻게 하고 있을까. 그 주변의 구석구석을 잘 봐 둬야겠다고 생각했다. 차갑게 꽁꽁 얼어 버린 사람들에게 전쟁의 종결을 알릴 기회를 발견할지도 모르지 않는가. 정신적으로도 모두가 단단히 무장하고 죽음에 직면한 얼굴 표정을 하고 있는데 나는 공포를 잊은 편안한 산보자의 표정으로 나가 무엇을 찾으려고 한 것일까.

하늘이 갑자기 어두워졌다. 여름 오전의 태양이 까맣게 햇빛을 잃더니 소나기가 엄습해 왔다. 그리고 군용도로 표면에 잠자리처럼 떠 있던 먼지가 강한 빗줄기에 눌려 내 몸 전체를 감쌌다. 도로는 화강암을 잘게 부숴뜨려 타르를 잔뜩 처바른 아스팔트 같은 포장이 되어 있었기 때문에 탄화수소 냄새가 강하게 풍겨 왔다. 그것은 크레오소트 냄새와 비슷해서 마치 소화제처럼 내 위 속을 시원하게 뚫어 주어 어젯밤의 체한 기운을 없애 주었을 뿐만 아니라, 후두부 주변도 깨끗이 나아 눈뜰 때의 상쾌함을 느끼게 해 주었다. 그래서 아무리 굵은 빗방울에 맞아도 조금도 아프지 않고 도리어 기분이 살아나게 되었다. 게다가 여름 오후의 소나기가 다 그렇듯이 마침내 거짓말처럼 비구름은 걷히고 다시 원래대로 한낮의 햇빛이 쨍쨍 내리쬐었다.

결국 그 길로 나는 한낮의 따가운 햇볕을 받으며 비탈을 내려갔다.

소나기로 촉촉히 젖은 포장도로가 순식간에 수증기를 발산시키며 말라 가는 것이 재미있게 보였다. 산의 나무들과 초록이 물을 머금어 몰라볼 정도의 농도와 선도를 띠고 싱싱해졌고, 잎의 무게도 두툼하게 느껴졌다. 먹구름이 점점 동쪽으로 지나가고 저 아래로 아득히 보이는 긴 백사장과 그 만(灣)을 감싸안듯이 뻗은 곶(岬)의 모습도 한층 또렷이 가깝게 보였다.

그런 자연의 풍물 속에 전투 준비가 한창이고 지금도 상륙해 오는 적의 배들이 만 입구의 수평선 근처에 하나 둘씩 몰려들지도 모른다는 거의 절망에 가까운 기분으로 단지 천재지변 같은 기적이라도 일어나지 않는 한, 전쟁에서는 이탈할 수 없는 것처럼 생각하고 있을 사람들을 생각하니 나는 마음이 무거웠다. 점점 밀려오는 어두운 기분은 결코 자신을 예외로 하는 것은 아니었다. 아무리 생각해도 어린애 달래기 같은 전쟁놀이는 거짓말 같기도 하고, 또 바보 같다는 생각이 들면서도 나는 그 전쟁의 소용돌이에서 쉽게 벗어날 수는 없다고 생각했다. 우연한 계기로 나는 오후 1시에 전쟁이 끝난다는 것을 알아 버리게 되었지만, 나의 우둔함은 어떻게 된 일이었을까. 나는 계시를 받았는데 그때까지의 날들을 무지로 보내며 군복을 입고 있거나 또 뭔가 지휘를 할 지위에 있고 명령받을 뿐만 아니라 명령도 해 왔기 때문에 금성철벽과도 같은 오후 1시라는 시간 저쪽으로 건너갈 수 있는 자격이 없는 것 같았다.

획 하고 내 왼쪽 어깨 있는 데로 뭔가 떨어진 것 같았다. 거의 들을 수 없을 정도의 희미한 소리였는데, 너무 급작스러워서 근육이 수축할 만큼 깜짝 놀랐다. 망막 속을 검은 날개가 퍼뜩 하고 한 번 홰를 친 것 같은 놀람이었다. 덜컥 놀라 나는 고개를 돌려 그곳을 보았다.

그러자 그곳에는 아주 작은 거미 새끼들이 한 무리 고물고물 꾀어 있다가 팔방으로 흩어지려 하던 참이었다. 나는 그것을 불결하다고 생각했다. 당황해서 손끝으로 그것을 튕겨 버렸다. 힘을 너무 주어 일그러지는 느낌이 매우 좋지 않았다. 그리고 몇 마리 정도 있었는가 하는 것에도 흥미가 없었고 단지 거미 새끼들을 떨쳐 버리고 나서 그것이 돌이킬 수 없이 가혹한 처사였다고 후회했다. 손끝으로만 잡아도 일그러져 버릴 정도의 연약하고 바늘귀 정도 크기의 생물이었지만, 그래도 풀색깔의 화구(畵具)를 떨어뜨린 것 같은 단색이면서 수족도 눈도 그리고 실을 토해 내는 입도 그 모든 것들이 나에게는 알 수 없는 생명에 관한 기관을 갖고 있을 것이라는 것에 생각이 미치자 그것을 어깨에 올려 놓고 기어다니게 놓아 둔 채, 왜 좀더 가만히 관찰하지 않았을까 하는 후회감에 사로잡힌 것이었다. 제 나라는 지금 위기에 빠져 있고, 그래서 자신의 생명도 과감히 버릴 준비를 하고 있는 그 이상한 순간조차도 눈앞에 마주치는 자연에 대해서 긴장된 놀라움을 점점 보일 수 없었다는 것에 더욱더 스스로 절망하게 되는 것이다.

나는 길에 한동안 멈추어 서서, 어깨에 올려 놓은 거미 새끼들의 움직임을 바라보는 데 그 아주 짧은 시간을 왜 할애할 수 없었을까 하고 생각했다. 그리고 그것은 이미 단 한 번으로 지나가 버리는 것이다.

해안 마을 안에는 사람 그림자라고는 하나도 없었다. 밭도 논도 황폐하게 버려져 있었다. 그 밭과 논들은 얼마 전까지는 매일매일 사람의 손길이 닿고 있었다. 적군의 공습이 심각해지고 그런 상황에서 들일은 매우 위험한 일이었음에도 불구하고, 사람들은 이리저리 꾀를 내어 공습의 틈을 타서 끊임없이 반복되는 그들의 단조로운 생활에 매달려 있었는데. 그리고 그 최후의 저항선이라고도 할 만한 마지막 사력을 다한 분발은 생각지 않은 강인한 끈기를 보여 주었는데. 이런 상태라면 공습이라는 생명의 위기 상태가 잠깐씩 중단되는 틈을 타고 시종 불안에 떨면서 부자유스런 노동을 하는 것이 예사가 되어 버려 결국에는 그런 위험과 자유가 없으면 일상 생활이 불가능한 것이 당연하게 될 거라고 생각했지만, 그러나 그 최후의 저항선의 일각이 무너지기 시작하자 홍수처럼 지금까지의 저항의 두 배 정도의 힘도 가해져 모든 것을 중도포기하는 식으로 붕괴시켜 버린 것 같았다. 또한 게다가 정신적으로 파괴를 거들려고 하는 사람들도 나왔다. 사람들은 그 무엇에도 손을 대지 않고 동굴 속에 틀어박혀 흙거미 같은 생활을 시작했다.

나는 그 인적이 없어져 버린 바닷가 마을의 이상하게 황량한 퇴폐의 모습에 한기를 느꼈다. 그것은 과거의 번영의 폐허 같은 것은 아니다. 마을 사람들은 모두 그 근처에 서식하고 있는 것이다. 그리고 공습이 잠깐 멈춘 틈이라든가 기분상으로 비교적 안전한 한밤중이 되면 바스락거리며 마을로 내려와 엷은 촛불빛을 주의깊게 덮어 씌우고, 매일 쓰는 물건들과 남아 있는 먹을 것을 동굴로 운반해 가기 때문에 분명히 마을 사람들의 발자국과 그 냄새가 마을 안에 남아 있었다. 마을 사람들의 그런 낌새가 나를 불안하게 했다. 위험한 동물이 언제나 나타나는 장소, 그런 특수한 장소의 비린내가 나를 불안에 떨게 한 것 같았다.

그러나 나는 최초의 목적을 아직 버리지는 않았다. 나는 마을에서 가장 가까운 동굴로 다가갔다. 그 동굴에는 아는 사람도 몇 있었기 때문이었다. 그러나 내가 그곳에 가는 것은 꼭 그것 때문만은 아니었다. 바로 그 오후 1시의 고지(告知)를 알려 주겠다는 결심을 분명히 하지 못한 것도 마찬가지였다. 다만 무슨 이유에서인지 그쪽으로 끌려 들어갔다. 어차피 오후 1시까지의 시간을 요령있게 쓴다는 것은 생각할 수도 없었다.

동굴 근처에서는 짐승 냄새가 나고 있었다. 하루 세 번 취사할 때 나오는 오물과 분뇨 처리가 제대로 되지 않아 그것들이 뒤섞인 불쾌한 냄새가 짐승 냄새와 비슷했다. 그 동굴 안에는 눈과 입가가 아름다운 아가씨도 비백(飛白) 무늬 기모노를 입고 뒤섞여 있는 것을 볼 수 있었지만, 그녀도 오물과 분뇨 냄새로부터 벗어날 수는 없다.

내가 가까이 다가가자 그 안에 서식하고 있는 사람들 전부가 홀쭉하게 말라 큰 눈망울만 뒤룩거리며 평소보다 더 관골이 튀어나온 정신나간 사람 같은 표정을 하고 그 입구로 나왔다. 그들은 몹시 기분이 상해 있는 것처럼 보였다. 분명하지는 않지만, 나에 대한 태도 중에도 그다지 친하지도 않고 그렇다고 지금까지 온 것을 생각해서 그렇게 매정하게 할 수도 없다는 것을 눈치챌 수 있었다. 그것은 역시 내가 군복을 입고 있었기 때문일 것이다. 그들의 눈에 내가 가까이 다가가는 것을 거부하는 느낌이 나타나 있었다. 새삼 뭐하러 왔느냐는 표정이 그들의 눈속에 있었다. 나는 아무래도 그곳에 어울리지 않는 여유로운 산보자 같은 얼굴로 나간 것이 더욱더 그들의 반감을 샀을 것이다. 오늘이나 내일이라도 적이 상륙해 올지 모른다는 소문이 나오고 있는 이런 긴장된 시간이 되어서도 어슬렁어슬렁 할 일 없이 마을 주민이 있는 곳에 놀러나 오다니!

나는 말없이 되돌아갔다. 내가 무엇을 할 수 있겠는가. 지금 내가 어떤 말을 해도 먹히지 않는다. 게다가 나는 만(灣) 입구의 곶(岬) 뒤쪽에 어떤 절대적인 에너지가 집중되는 파동을 느꼈다.

아! 이제 곧 운명의 시간이 다가온다!

나는 유유히 다가온 그 순간을 어떤 위치에서 맞이하면 좋을까. 그것을 내 두뇌로 생각하는 것은 곤란했다. 나의 머리로는 문제가 너무 커서 그것은 분명히 뭔가에 의해 이끌려 갈 것이라고 생각했다.

나는 마을 뒷산으로 옮겨 갔다. 그쪽에는 육전대의 소부대가 진지를 구축하고 있었다. 그곳에 가면 혹시 내가 소속하는 원대(原隊)를 알 수 있을지도 모른다. 그런 생각을 한 나는 역시 자신이 소속해 있던 낯익은 부대에서 그 운명의 시각을 맞이해야겠다고 생각했다. 달랑 혼자서 그 순간을 맞이하는 것은 참을 수 없이 쓸쓸할 것 같았다. 그 순간은 아마 멋지고 장대한 음향과 광선으로 축포를 터뜨릴 것이라고 기대를 하고 있었다. 어디 눈에 띄지 않는 장소에서 간단히 절차를 끝내고 그 운명의 시간이 완료되어 버리는 것이라면 그것은 매우 기대에 어긋나는 것이었다. 그렇다면 그 운명의 시간이 모든 전투지역에 빠짐없이 전달되기 위해서는 각 지역에 따라 약간씩의 시간적 오차가 생길 것이다. 그 차이 때문에 다른 장소에서라면 죽지 않아도 될 사람들이 또 다른 장소에서는 덧없이 죽어가는 일이 발생할 것이다. 그 사실이 나로서는 납득이 안간다. 전세계가 한 순간에 의해 이해할 수 있는 방법이 반드시 채택될 것이다. 나는 그런 기대를 순진하게 믿고 있었다. 그런 순간을 나 한 사람이 아니라 모두 다같이 맞이하고, 그리고 똑같이 죽는 거라면 죽어도 여한이 없다고 생각했다.

잠시 생각을 하며 걷고 있는데 내 바로 옆에서 인기척이 나며 담배 냄새가 흘러 나왔다. 순간 나는 무슨 일인지 금방 알아차렸다. 그곳은 아군의 최전선으로, 산병선(散兵線)이 전개되고 있었다. 그들은 할 것이다. 적이 상륙해 왔을 때 그나마 가지고 있는 소총으로 절망적인 사격을 할 것이다. 그러나 그들은 상륙군의 노도와 같은 기동력에 여지없이 짓밟히고 말 것이다. 쓸데없는 일인데. 그리고 열병(列兵)은 상륙군의 실체가 어느 정도인지도 모르고 명령대로 돌격해 갈 것이다. 나는 우선 무모한 최전선의 수비를 맡고 나선 지휘관의 모습—턱이 앞으로 나오고 입술이 튼튼하고 큰, 게다가 조그마한 검은 눈동자를 흰자위 한가운데에 광신적으로 놓아 보이는 청년 장교의 얼굴—을 떠올리고 있었다. 그러나 나는 그것을 지켜볼 수밖에 없었다. 모든 것에 대해 나는 터무니없이 관대해졌다. 이상하게도 자신에게는 그렇지 않으면서 모든 것을 받아들일 수 있을 것처럼 생각되었다. 이제 곧 그 운명의 순간이 온다. 사람들은 분명히 그 순간의 도래를 알고 있지는 않아도 뭔가 말기 증상에 대한 기미를 느끼고 있을 텐데 그것을 확실하게 고지받지 않은 것일 뿐 짐승처럼 무리를 지어 이리저리 이동해야만 하는 것이었다. 어떤 사람들이 그 짐승의 본능적인 후각이 예민하지 않기 때문에 진흙탕 쪽으로 쏜살같이 달아나는 것을 내가 보았다 해도 도저히 그것을 제지할 수도 없을 것 같았다. 자신의 마음은 우울하고 초조해지기는 했지만, 그 순간에는 나도 과거의 그림자 때문에 희생자들 대열에 들게 될 거라는 조용한 체념의 기분이 솟아나고 있었다. 이와 같이 말기의 혼돈 속에서 내가 분명히 그날 그때의 고시(告示)를 받았다는 것만으로도 나는 깨어 있었다고 하는 만족 속에서 죽어갈 것이라는 생각이 들었다.

나는 죽을 장소를 찾아야만 한다. 이제 곧 정해진 그 운명의 순간이 찾아올 것이다.

 나는 가파르지 않은 야산의 비탈을 올라갔다. 그곳은 야트막한 골을 이루고 그 중턱에 오두막집이 서 있는 것을 나는 알고 있었다. 그곳에서라면 만 입구 쪽을 내려다볼 수도 있으리라 생각했다. 나는 그곳에 도착해서 입구에서 오두막 안으로 한 발 들여 놓는 순간 뭔가 이상한 느낌이 들어 깜짝 놀랐다. 그곳에 5, 6명의 사람이 조용히 숨을 죽이고, 만 입구 쪽에 주의를 기울이고 있는 것을 발견했기 때문이다. 나는 아무 거침없이 나 혼자만의 생각에 잠겨 완전히 외계에의 경계를 무시하고 이 오두막 안에 들어왔는데, 그곳에서 인간의 서식을 발견하고 내 마음은 불안한 초조감이 일기 시작했다.

 그들은 내가 들어온 것도 모르고 만 입구 쪽을 바라보고 있었다. 그것은 여자를 동행한 탈주자들이었다. 그들이 만 입구를 주시하고 있는 것은 그쪽에 뭔가 이상을 느꼈기 때문일까. 그들도 역시 오늘이 특별한 날이 된다는 것을 알아버린 것일까. 그렇다 해도 남자들의 차림새가 너무 비참하다는 것이 이상했다. 그들이 꽉 쥐고 있는 권총과 군도는 무슨 소리만 들려도 욱해서 그들의 여자와 자신을 다치게 할 것이다. 그들의 기분에는 여유를 찾아볼 수가 없다. 그러한 관찰을 나는 그들의 뒷모습으로 할 수 있었기 때문에 서슴

없이 그들의 배후에 다가가 단호한 자세로 그들에게서 위험한 흉기를 집어들었다. 내가 그렇게 단호한 처치를 감히 행동으로 옮길 수 있었던 것은 그들의 군복에서 볼 수 있는 계급이 나보다 낮아서 용기가 났기 때문이었다. 나는 그곳의 분위기를 눈치채고는 순간 아찔해서 딱딱한 것에 부딪혔지만, 조금도 기세를 죽이지 않고 집어든 그 물건들을 밖으로 내던졌다.

"이런 걸 갖고 있으면 안돼."

나 자신은 아침부터 차리고 있던 무장을 풀지 않았지만, 내 행동을 그들은 이해하고 오히려 멍청히 바보처럼 바라보고만 있었다. 탈주 전후부터 지금까지 계속 불안과 초조에 시달려 이제는 그만 자살하려고도 생각했을 것이다. 그곳에 전혀 모르는 사람인 내가 나타나 죽어서는 안된다, 도망가라, 하고 암시를 던져 주었다.

이때 나는 이제 오후 1시라는 시간을 그들에게 알려 주어도 될 거라고 생각했다. 나는 그들에게 말했다.

"서둘러서는 안돼. 오후 1시에는 전쟁이 끝난다. 쓸데없는 생각을 해서는 안돼. 어떻게 해서든지 살아남아야 해."

그렇게 말하면서 나도 살고 싶다고 생각했다.

그 위대한 운명의 순간은 전세계 누구라도 알 수 있도록, 그리고 후세의 역사가가 고생하지 않도록 명료하게 그 시간의 이쪽과 저쪽의 한계를 음향이나 광선으로 전세계에 알릴 것이라고 대강 믿고 있었던 것이다.

그러나 내가 야산 비탈에 있는 오두막집에서 생각지 않은 사람과의 교섭에 시간을 소비하고 있었을 때, 그 운명의 순간은 이미 지나가 버리고 있었다. 더구나 내가 기대했던 단순하고 명료한 현상을 이용해서 전세계에 전달된 것은 아니었다. 불공평한 전달 방법 때문에 최전선에서는 치르지 않아도 될 소규모 격전이 벌어졌을 것이다. 그래도 결국은 이미 오후 1시에 휴전이 되었다는 보고가 살아 있는 생물처럼 활발하고 집요하게 모든 장소에 전달되기 시작한 것이다.

나는 야산 기슭에서 수많은 병대가 무기를 버리고 왁자지껄 떠들며 올라오는 것을 발견했다. 그래서 나는 이제 그 운명의 순간이라는 것이 끝나 버리고 저 무리들에게도 그 사실이 이해되어 모든 무장을 풀고 이쪽 고지대로 올라오는 것이라는 것을 알 수 있었다.

그런데 그 순간이 어쩌면 그토록 맥없이 지나가 버린 것일까. 나는 그토록 엄숙하게 그 순간의 일들을 생각하고 있었는데 아무 일도 없이 나는 여전히 전과 그대로이고, 그 육체는 없어지지도 않고, 또 아무런 신호도 없이 어디서부터인지 휴전 소식이 전해져 사람들은 이미 당연한 듯이 그것을 구가하고 있는 것이 아닌가. 전쟁이 가져다 주는 모든 긴장과 속박을 풀고 이쪽으로 올라오는 저 사람들의 얼굴 표정은 어떨까.

  나 자신만 하더라도 지금까지 주문(呪文)에 들어 있던 긴장이 완전히 풀어져 있었던 것이다. 그러나 나는 공허했다. 만 입구 쪽을 바라보니 어느 사이에 들어왔는지 일대 함대가 뱃전을 서로 맞대고 환상의 부성(浮城)처럼 입구 가득히 북적거리고 있었다. 그것이 거리 때문에 수증기와 먼지에 가려 기묘하게 현실이 아닌 낙타의 혹 같은 형태로 바라다보였다. 그들 군함은 모두 최첨단 과학병기를 갖고 있을 것이다. 유사시에는 그 일체의 과학병기가 적을 향해 공격을 가할 것이다.

  나는 비틀거리며 비탈을 내려와 기슭으로 올라오는 사람들 속에 섞이려고 했다. 그러자 그들은 무슨 생각을 했는지 결코 나를 발견하고 그렇게 한 것은 아니지만, 갑자기 우— 하고 일제히 함성을 지르며 비탈을 오르기 시작했다. 한군데서 그 함성 소리가 나자 그것은 눈 깜짝할 사이에 군중 전체로 퍼져 나갔다. 전체가 우— 하며 양손을 들고 비탈을 오르기 시작했다. 그것은 오랫동안 맺혀 있던 답답함에서 해방된 환희의 표현이었을지도 모르지만, 나는 위험을 느꼈다. 이쪽의 기분이 어떻든 간에 만 입구의 함대에서 보면 불온한 형세로 비칠 것이다. 더구나 일본병의 특징있는 함성이 음향탐지기에 감지되면 어처구니없는 사태가 발생할 것이다.

나는 사람들을 거슬러 나아가 멈추어 서서 외쳤다.

"그만, 그만, 함성을 지르지 마라."

하지만 나 혼자서 소리를 지른다고 뭐가 달라지는 것은 아니었다. 아직 무장을 풀지 않은 장교 복장을 한 내가 명령조로 외치는 소리는 반대로 그들의 반감을 산 것 같았다. 아니, 그보다도 거의 묵살되고 사람들은 우르르 달려 올라왔다.

위구했던 것은 현실이 되어 나타났다. 마치 공식처럼 만입구의 군함이 일제히 포문을 열고 포구(砲口)를 일정 각도로 쳐드는 것을 나는 눈으로 보았다, 아니 그보다도 공포심이 시각(視覺) 이상으로 확실히 그것을 찍어냈다.

확 하고 열 같은 것을 느낀 것이다. 아무런 소리도 없었다. 그리고 많은 광선이 야산 비탈의 흙 속에 꽂혔다고 느꼈다. 나는 등을 돌리고 사람들이 올라가는 쪽으로 도망치려고 했다. 광선의 화살은 내 신체의 전후좌우로 따라와 꽂혔다. 나는 등을 돌리고 있다. 등의 상처는 참혹했다. 언뜻 그런 생각이 스쳐갔다. 그때 등뒤에서 철썩 하고 뜨거운 것이 가슴 쪽을 통과했다. 나는 당했다고 생각했다. 뭐야, 이런 식으로 죽다니. 나는 몸을 땅 위에 눕혔다. 사람들은 함성을 멈추었다. 그러자 군함으로부터의 광선사격은 딱 중지되었다. 사람들은 그 의미를 이해했을 것이다. 이제 소리를 지르지 않고 천천히 걷기 시작했다. 아마 항복조항 속에 지금 같은 함성을 지르는 행위가 반칙이라는 규정이 들어 있는 것이 분명하다. 사람들은 그것을 이해한 것이었다.

비가 내렸다. 그것은 지금의 이상한 사격 때문에 기류에 변조를 초래하여 비가 내린 것이다. 5월 장마처럼 촉촉하게. 나는 땅에 쓰러져 그 빗소리를 들었다. 내 얼굴 옆에 웅덩이가 생겨 흙탕물이 빗발에 맞아 마마자국 같은 모양을 만들어 내는 것을 분명히 보았다. 그것은 실제로 그것을 본 것이 아니라 역시 상상 속에서 확실히 그것을 보고 있었다. 내 얼굴은 위를 향하고 있고 이제 움직일 수 없다는 것이 그것을 증명한다. 나는 내 동공이 틀림없이 열려 있을 거라고 생각했다.

그런데 나는 의식을 되찾았다. 조금도 움직일 수는 없었다. 어디에 있는 건지도 알 수 없었다. 다만 내가 그 시간에 죽지 않고 구조된 것이라는 것은 금방 알 수 있었다.

(아니, 결국 이쪽으로 건너와 있는 게 아닌가)

그것은 뼛속 깊이 스며드는 감동의 느낌이었다. 수족(手足) 구석구석까지 생명이 흘러 넘치는 듯한 기쁨이었다. 나의 현재의 활기로라면 어떤 상처도 아물 것이라고 생각했다. 눈부신 광선이 창으로 가득 흘러 들어오는 것 같았다. 밖에서는 밝은 나날이 시작되고 있을 거라고 생각했다. 그러나 나는 얼떨떨했다. 나는 그 운명의 날을 넘기고 이쪽으로 올 수 있었지만, 저쪽에서 있을 때와 얼마나 달라진 것일까. 그리고 앞으로의 날을 평소의 아무렇지 않은 표정으로 생활해 갈 권리가 있는 것일까. 나는 그때 그렇게 분명히 자신을 희생자의 한 사람으로 생각한 것이 아니었던가. 더구나 나는 이렇게 살아남아 생명의 기쁨에 푹 빠져 있는 것이다. 그것은 나의 마음을 무겁게 감쌌다. 나는 상처가 나았다 해도 어떤 식으로 걸어야 좋을지 짐작이 가지 않는다. 정말 나는 살아 있어도 되는 것일까.

그때 나는 옆에서 인기척을 느꼈다. 의사 같았다. 한 사람이 아니라 두세 명이다. 그리고 그 한 사람이 내 눈을 보았다. 어디서 본 얼굴이었지만 생각이 나지 않았다.

"아, 정신이 든 것 같다. 이제 됐다."

다른 의사에게 그렇게 말하는 것을 나는 마음으로 확인했다.

나는 혼돈 속에서 내 몸 속의 생명의 알들이 빛 쪽으로 손가락과 얼굴을 뻗쳐 가는 그 근질거림을 어떻게 처리해야 좋을지 몰랐다.

출고도기(出孤島記)

3일 동안 적군의 비행기 폭음이 한 번도 들리지 않았다. 이런 일은 이곳에서 반년쯤 지내는 동안 거의 느껴 보지 못한 아주 드문 일이다. 그 때문인지 이상하게도 적과 대립하고 있다는 균형감각(당시는 전시였으므로 팽팽한 긴장감이 자연스런 것이었음—역자주)을 잃고 있었다.

대편대에서 세 끼 식사 때의 정기 순찰처럼 찾아와 폭탄과 로켓탄과 기관총탄을 해협의 양안지대에 여기저기 채우고 간다. 그리고 그 중간 중간에 몇 대의 비행기를 타고 찾아왔기 때문에 해협 양안에서는 항상 폭음이 끊이지 않았다. 물론 밤에는 밤대로 야간 전투기가 찾아왔다. 그래서 하루 24시간 내내 귓속은 비행기 폭음이 지나가는 통로가 되었다.

그러던 것이 요 3일 동안은 아무 소식이 없다.

반년 동안 자나 깨나 그 소리에 모든 주의를 집중하고 그 소리에 따라 하루하루의 생활이 결정되었는데, 생명에 위협을 느끼게 하는 그 소리가, 그리고 그 소리의 원인인 비행기가 갑자기 오지 않는다는 것은 나를 매우 불안하게 했다. 그것은 불길한 예감이다.

게다가 우리는 이제 아무것도 할 일이 없어져 버렸다.

전쟁의 태풍의 눈은 이미 우리들 머리 위를 지나가 버린 것은 아닌가. 그리고 우리는 권외로 남겨져 버린 것은 아닌가.

만약 그렇다면 고도에 남겨진 우리들은 식량 확보 계획을 세워야만 한다.

섬 주민들로부터의 식량 입수가 곤란하다는 것은 불을 보듯 뻔한 일이었기 때문에 우리들 자신의 손으로 마련해야만 한다.

현실적으로 전투가 없는 이상, 우리는 이상한 흥분으로 언제까지 계속될지 모르는 하루하루를 보낼 수는 없다. 평상시의 정신 상태로 그 하루하루를 먹고 배설하며 보내야만 한다.

우리는 한 가지 일을 제외하고는 전혀 쓸모없는 전투원이었다.

그 한 가지 일은 우리가 적으로부터 '스이사이드 보트'라고 불리운 녹색 소함정의 승무원이라는 것에 의해 운명이 결정되어 있었던 것이다.

길이 5m, 폭 약 1m 크기의 베니어판으로 만들어진 배가 그 보트였다. 그 배는 1인승으로 바로 그 표적인 적의 함선 옆으로 다가가서 그것에 부딪혀 머리 부분에 장착되어 있는 화약에 전류가 통해서 폭발하게 되어 있었다. 충돌 장소를 잘 정했을 경우에는 두 척으로 목표의 수송선 한 척을 격침시킬 수 있을 것이다. 좀더 욕심을 내서 군함 한 척을 침몰시키기 위해서는 근접에 성공했다고 해도 거기에는 좀더 많은 우리들의 자살정을 필요로 할 것이다. 그리고 우리 승무원들은 침착하게 돌격 100m 정도 전방에서 나침반의 바늘을 가장 좋은 방향에 맞춰 놓고 키를 고정해서 바닷속에 몸을 던져도 좋았다. 만약 그럴 수 있다면.

지금 생각하면 이상한 일이지만, 나는 그런 목표물 바로 앞에서 함정 이탈이라는 냉정한 행동을 취할 수 없을 것 같아 더욱더 자살정과 함께 적의 함선에 부딪히려고 했다. 이제 달리 어떤 길도 자신에게 허락되어 있지 않은 것처럼 믿고 있었던 것이다.

그 1년 간은 그런 사정으로 낮이나 밤이나 그것만 생각하고 있었다.

우리가 이 외딴섬에 기지를 세워 이동해 오고 나서도 이미 9개월 정도가 지나 그 사이에 전투준비 작업은 거의 완성

되었다. 거의 아무것도 없는 상태에서 있는 재료만 가지고 나름대로의 준비는 완료했다.

참으로 여러 가지 일들이 발생하여 그것을 무리하게 강행하는 바람에 지금은 더 이상 할 수 없게 되었다. 혼슈(本州)와의 수송 연락은 끊기고 새로 병기를 강화한다는 것은 생각할 수 없었다.

단지 우리에게 주어져 있는 것만 가지고 최대의 효과를 올려야 한다.

그러나 자살정의 효과도 시기의 문제다. 계획으로는 35노트 40노트 또는 그 이상의 높은 속도가 나오리라고 예상했으나 우리가 그것을 받았을 때 이미 20노트도 나올까 말까 한 상태였다. 기관이나 그 밖의 부품이 보충되지 않으면 배의 성능은 점차 떨어지게 마련이다.

정비 요원이 배속되어 왔으나 그들밖에 달리 의존할 사람이 없었기 때문에 그들의 기술이 불안하다 싶어도 어쩔 도리가 없었다.

그래서 우리 승무원들에게 시켜 보았지만 임시로 속성 교육을 받은 사람뿐이기 때문에 엔진에 대해서 트럭 운전수만큼도 알지 못했다.

엔진은 녹슬고 선체도 한창 녹슬고 있었다. 그리고 그 가

없은 자살정은 급히 임시방편으로 만들어 우리가 판 동굴에 격납되어 있었기 때문에 항상 심한 습기 속에 잠겨 있었다.

배의 수명도 걱정이지만, 임시로 판 격납동굴의 붕괴 시기도 그다지 멀지 않다.

결국 우리들의 자살정이 그것을 고안한 사람이 예기하는 그런 효과를 올리기 위해서는 일정 시기 안에 사용되어야만 했다.

아! 그 시기가 가까워질 무렵, 적마저도 우리를 떠나가고만 것이 아닌가.

그 시기는 강제로 지나가 버리기 때문에 그 시기만 지나면 우리는 자살정의 승무원이라는 운명에서 해방되는 것이었지만, 우리는, 아니 나는 무리한 자세로 힘껏 자살정의 영광된 승무원이고자 하는 의무에 충실했다.

그렇게 하지 않으면 그것이야말로 권총 한 자루 없는 전투원이 되고 마는 것이다.

시계(視界)에는 아무것도 보이지 않고, 권총 한 자루도 없는 전투원이 된다는 것은 몹시 불안하다는 생각이 들어 그런 경우 어떻게 해야 좋을지 모르겠다. 1년 내내 자살정과 함께 죽어 가는 것을 연습해 왔기 때문에 어떻게든 그럴 결심으로 생을 마무리하겠다는 주박(呪縛)에 걸려 있었다.

게다가 내가 180명이나 되는 집단 속에서 명령하는 위치를 계속 유지할 수 있었던 것은 무엇보다도 우리 집단 내에서 자살정 승무원은 총원의 4분의 1뿐으로, 나는 그 4분의 1 중의 제1호였기 때문에 같은 전투원들 사이에서도 기묘한 전설 속에 살아 있는 결과가 되었기 때문이다.

일종의 초조감. 그것은 배의 부식과 동굴 격납고의 수명, 그리고 대원들의 식량문제 등 복합적인 데서 그 원인을 찾을 수 있을 것이다. 게다가 나는 180명이 매우 안 좋은 상태에 빠졌을 때 그들이 어떤 적나라한 모습을 드러낼지 냉정하게 계산해 본 적은 한 번도 없다.

최악의 경우에 사람들이 빠지기 쉬운 성향을 하나하나 자세하게 조사해 본 적은 없는 것 같다. 그러므로 나는 현실을 인식하는 데 있어서도 겉으로 드러나는 것만 보고 판단하여, 표면은 아무 일도 없이 잔잔한, 이를테면 나의 성격 같은 부대 분위기가 만들어진 것일지도 모른다.

그 사실은 매우 놀라운 일이다. 한 부대의 성격이 지휘관의 성격에 따라 각각의 색깔이 정해진다는 것은. 자신의 체취는 지우기 어렵고, 게다가 나는 매일 밤 이름도 모르는 신에게 기도하며 체취가 사라지기를 바랐다.

그런 나날 속에서도 우리가 그날그날을 생활하기 위한 일체의 관심을 적에게 집중하고 있는데, 그런 적기의 출현이 그쪽의 계획으로 3일 간이나 볼 수 없다는 것은 매우 불길한 일이다.

점점 우리들 집단 자살자의 제전의 시각이 다가온 듯하다. 우리들의 그 행위에 의해 전황이 호전된다고도 생각할 수 없었지만, 그래도 누구에 대해서 했는지 알 수 없는 약속을 의리있게 중요시했던 것이다. 우리는 스스로 희생자라고 생각하고 자신에게 비극을 장치하고 있는 기분도 있었을 것이고, 또 가상의 피라미드 정점에서 앞일을 전혀 내다보지 못한 채 본능의 무수한 촉각을 시간과 공간 속에 부유시켜 어떻게든 평형을 유지하려고 했을 것이다.

이미 원자폭탄이 히로시마(廣島)와 나가사키(長崎)에 투하되었다는 것을 우리는 무전으로 수신하고 있었다.

나는 그 무렵의 시간 감각에 자신이 없다. 시간은 앞으로 나아가고 있었는지, 뒤로 역행하고 있었는지, 아니면 정지해 있었는지, 그러나 그것을 의심해 보았다는 것은 아니다. 단지 나에게 역사의 진행은 정지되어 느껴졌다. 나는 하루하루 젊어지고 있었다. 즉, 나이를 먹지 않는 것이다. 나의 세상은 남쪽 바다 끝으로 오그라들고 있었다. 그 남쪽 끝 바다는 갑자기 낭떠러지가 되어 있고 바다는 검게 얼어붙어 축축한 바닷물이 끝없이 아래쪽을 향해 계속 떨어지고 있었다.

 나는 그곳에서 낙하하기 위해 매일 젊어지고 있었다. 더구나 그곳에 가기 전에 딱 한 가지 결심한 행동을 결행해야만 한다. 잠자고 있는 사이에 몰래 그곳으로 밀어 떨어뜨릴 수는 없다. 1m 걷기 위해서도 이쪽에서 몸을 일으켜 무거운 발을 움직여야만 한다.

 불안하게도 시간은 진행을 멈추고 매일매일의 사건은 이미 역사책에 기록되어 있는 것뿐인 것처럼 느껴졌다. 어떤 일이 일어나도 신선한 경이를 느끼지 못했다. 무솔리니가 학살된 것도 히틀러의 죽음도 나에게는 아무 의미가 없이 역사 연표의 낡은 기사를 읽는 것과 다름이 없었다. 그러나 어디서 그런 결과를 낳는 역사가 시작되고, 그 다음에 무엇이 도래할 것인지에 대해서 나는 아무것도 생각할 수 없었다. 내 머리속에는 맹렬하게 무기력한 공백의 소용돌이가 있었다. 어제는 오늘에 이어지지 않고, 또 오늘은 내일에 이어서 갈 것 같지도 않다. 다만 내 안에는 남쪽 해상의 T섬 주변이 어지러운 천둥소리처럼 끊임없이 울려 퍼지고, 운명의 날만을 기다리다 지쳐 한 순간 한 순간만이 존재하는 그날그날이 있었을 뿐이다.

 나의 세계가 황혼에 접어들 무렵, 우선 히로시마의 운명을 알았다.

그것은 신형 폭탄으로 보도되었다. 자세한 것은 알 수도 없었지만, 그 폭탄에 의하면 산도 일부는 우르르 무너져 내리고, 인간은 그 광선을 쬔 것만으로도 불타 버렸다고 전해졌다. 요컨대 원자가 파괴되어(그것은 어디까지나 원자에 대해 잘 모르는 내 소견이지만), 물질은 모두 산산조각이 나서 흙으로 변해 버리는 것이라고 생각했다. 그 폭탄의 효력이 미치는 범위 등에 의문을 갖지 못할 것도 없었지만, 아무튼 히로시마 시가 한 순간에 소멸되고, 그것은 또한 나가사키 시의 운명이기도 했다. 나가사키의 괴멸은 특히 나를 감상에 젖게 했다. 나는 거기서 4년 간이나 살았던 적이 있었기 때문에.

자살정 승무원인 나에게 추억이라는 것에 대한 솔직한 느낌은 없어져 버렸지만, 그래도 나가사키 괴멸 소식으로 어두운 종말을 한층 더 확정적으로 예고받았다고 생각했다. 나는 누구를 위해 죽어 가고, 그리고 내가 죽은 후에는 누가 살아남아 있을까.

이상하게도 원자폭탄 뉴스는 나를 홀가분하게 했다. 덕분에 나도 편히 죽을 수 있을 것 같다. 그것은 부끄러운 생각이었다. 하지만 나는 속으로만 그렇게 느끼고 그것을 입 밖에 내지 않겠다는 죄의식을 자각했다.

이런 허술한 고물 보트로 아이들 눈속임 같은 전투를 모의해 가는 그 무력하고 우스운 꼴이 좀더 단단한 필연성의 롤러 밑에서 덧없이 이그러져 버리는 기묘한 안도감이었다. 그것에 대해서 발버둥쳐 보라고는 요구하지 않을 것이다. 나는 아직 누군가의 명령에 구속되어 그 명령에 충실하려 하고 있었다.

명령을 순수하게 공식처럼 자신에게 부과해서 미지의 세계에 대해 자신을 실험해 보겠다는 의지가 없는 것은 아니었다. 그러나 그 의지와 평행해서 명령받는 것에는 단지 겁이 났다. 명령을 내리는 자에 대한 의문을 지울 수는 없었지만.

그러나 원자폭탄 앞에서는 어떤 명령도 난센스일 것이다.

이번의 신형 폭탄은 매우 강력한 것으로, 종래의 방공설비로는 소용이 없기 때문에 각 부대는 신속하게 그것에 대처하라는 명령이 방비대 사령으로부터 발령되어도 나는 그것을 웃어 넘길 수 있었다.

일종의 기묘한 해방감이었을 것이다.

그와 동시에 나른한 피로감을 느꼈다. 지금까지의 엄청난 희생을 지불해 온 이 전쟁이 이렇게 맥없이 끝난 것인가.

나는 이것저것 고민하는 것을 가볍게 덜 수 있었다. 그 무렵을 전후로 해서 적은 하늘에서 우리들에게 상형문자로 쓴

인쇄물을 배부해 주었다.

거기에는 二宮尊德(니노미야 손토쿠, 1787~1856 : 에도〈江戶〉말기의 農政家, 고학 끝에 몰락한 일가를 다시 일으킴. 실증주의에 입각하여 報德社를 창시, 스스로 음덕 · 적선 · 검약을 행했다—역자주)에 관한 것이 쓰여 있고, 12시 시계 모양으로 상대방이 점점 탈환 또는 점령해 온 섬들이 그려져 있었다. 10시를 가리키는 곳에는 이오지마(硫黃島)의, 그리고 11시에는 오키나와(沖繩)의 약도가 각각 그려져 있고, 그 위에서 일장기가 꺾여 있었다. 시계 바늘은 정확히 12시에 접근해 있고, 거기에는 일본 본토가 놓여 있었다.

우리는 오키나와와 본토 사이에 있고, 이제 이오지마 정도는 문제가 되지 않는다는 것인가. 그런데도 나는 마음을 놓고 있었다.

어떤 때는 하늘에서 떨어지는 포츠담 선언의 요약문을 줍기도 했다.

그것에 대해서도 그것을 국제공법의 지식으로 어느 정도 정확히 읽을 수 있을까. 그것은 오히려 웃기는 일이라고 생각했다. 그리고 포츠담 회의라는 역사적 사건은 중학생 무렵에 교과서에서 이미 배운 기억이 나는 것이었다. 그런 케케묵은 일을 가지고 왜 지금 와서 새삼스럽게 그 요약문을 뿌리는 것일까.

요컨대 우리는 고립된 세계에 갇혀 단순히 순간순간이 반복되어 갈 뿐인 그런 생활을 하고 있었다.

대형 비행기 한 대가 4발의 포탄을 쏘고 지나갔다. 그것은 불길한 예감이 들게 하는 둔탁하면서도 굵은 복합적인 폭음을 발산하면서 높은 하늘을 날고 있었다. 나는 그것을 돌멩이가 많은 바닷가에서 올려다보고 있었다.

고공을 나는 대형 비행기는 그다지 무섭지 않다. 한여름의 남쪽 태양이 강하게 빛나고 하늘은 아득히 높고 푸르며, 게다가 태양빛을 가득 머금고 있었다. 그 정도의 거리를 두고도 그 비행기는 이상하게 크게 느껴졌다. 갑자기 나의 감각은 마비되어 아무 소리도 들리지 않게 되고, 하늘에 떠 있는 그 커다란 괴물 같은 물체가 획획 이동하여 내 머리 위쪽으로 왔다.

그 투명한 느낌의 기체에서 휙 하고 은가루 같은 것이 쏟아졌다. 그 순간의 번쩍하는 섬광에 나는 가슴이 덜컥해서 낭떠러지 아래 굴 속으로 달려갔다.

그 섬광이 원자폭탄과 관련된 전조(前兆)일지도 모른다고 생각했다. 원자폭탄에 의해 내 육체의 원자가 완전히 파괴되어 힘없이 흙이 되어 버릴 것을 기대하고 있었는데, 내 마음은 추악한 피난 자세를 취하고 있었다. 그리고 그 자세에는 과학적 고려가 훈련의 흔적을 거의 남기지 않은 것이다.

그러나 하늘에 떠 있던 괴물이 날아간 후에 반짝반짝 하고 멋진 광채의 변화를 보이며 하늘 한가운데로 퍼지면서 쏟아진 것은 적으로부터의 전단(傳單)임에 틀림없었다.

그것은 마침내 바다 위와 곶의 바위 사이, 밭과 도랑과 돼지우리에서 나온 오물 근처에 떨어질 것이다.

그런 나날 뒤에 맞이한 3일 간의 불안한 정적으로 나는 돌아가야만 한다.

불안하다고 느낀 것은 나뿐이다. 이 고도(孤島)의 만(灣)에는 바로 얼마 전까지만 해도 전쟁의 영향이 아직 밀려 오지 않은 날들이 그랬듯이 오랜 세월 동안 변함없는 산천초목의 모습이 있을 뿐이다. 나 혼자만이 매일매일의 폭음 소리에 신경을 흥분시켜 산천을 똑똑히 볼 수 없었다. 나의 항진된 마음속에서는 그 주변의 어디를 파 보아도 위험한 신관(信管 : 폭탄 등을 폭발시키기 위해 탄두나 탄저에 붙인 장치—역자주)이 장치된 물체가 나왔다.

폭음이 전혀 들리지 않은 3일 중의 마지막 날은 여름의 무더위와 바다 내음, 초목의 무르익음, 새들의 노랫소리, 개구리 우는 소리, 간석지에서 나는 소리, 마을에서 들려오는 희미한 무슨 소리, 예를 들면 뭔가를 두드리는 소리라든가 아이 부르는 소리, 돼지의 비명 소리와 닭울음 소리 그런 여러 가지의 일상적인 감각과 소리가 태양열에 팽창되어 어쩐지 나른하면서도 아주 두꺼운 층으로 내 몸 주위를 자꾸 휘감아 오는 것을 새삼 강하게 느꼈다.

그것들은 매우 애달프고 안타까웠다. 그리고 아무것도 사건다운 일이 일어나지 않는 평범한 일상에 대한 향수가 내 온몸을 저리게 하고 원자폭탄에 대해서는 아무런 손도 쓸 수 없다는 무저항감이 낮고 둔탁한 반주가 되어 내 몸 밑바닥에 일종의 울림 같은 것을 침잠시키고 있었다.

그날 오후, 나는 몸과 마음이 모두 힘들었다.

대원의 대부분은 감자밭에 동원되었다. 그런 것밖에 할 일이 없었기 때문이다. 함정대 훈련도 점차 그 수가 줄어들었다. 물론 밤에 적의 야간 비행기가 정찰하러 오지 않을 때를 골라야 했을 뿐만 아니라, 사용에 따른 함정의 효율 하락과 수명이 다 되었다는 것이 두통의 원인이 되었기 때문이다. 그래서 자살정 승무원도 역시 감자밭에 주력하기 시작했다. 네 함대간의 경쟁과 또 다른 정비원과 기지대원과 본부요원(그중에는 의무원, 통신원, 취사원, 경리 등이 포함되어 있었지만) 등과의 일종의 대립이 그와 같이 장래의 식량 확보와 관련된 따분한 작업과정에 들어가면 하나 둘씩 불만이 터져 나오기도 했다.

 함정대원은 결국 자살정 승무원이지만, 그들 중에 분명히 우리는 살아남을 것이라는 예언을 하는 사람도 나왔다. 그것은 약간 유머도 섞여 있지만, 반면에 농담 섞인 어조였다. 무엇보다도 그들은 자살정의 대행(隊行)을 거부하는 요소는 조금도 풍기지 않고 자신들이 그 임무에 뽑혔다는 것에 특권의식을 갖고 다른 대원과 차별되는 특별한 대우를 기대하고 있었다. 그런데 그 예언은, 결국에는 그들은 돌격을 위해 출진할 것이다, 그리고 또 그들은 살아남을 것이다, 그렇지 않으면 어느 날 밤 갑자기 적의 함선이 운집하는 오키나와가 함몰할 것이라는 점 등이다. 그러나 그들이 기대하는 것처럼 가령 살아남았다 하더라도 전쟁 자체가 끝나지 않는 한, 우리는 다시 전선으로 진출해야만 한다. 이미 우리에게는 특공병이라는 딱지가 붙어 버렸을 뿐만 아니라, 그런 험한 일 외에는 아무것도 훈련받지 못했고, 그런 상태에서 상당 기간 특권적인 생활을 하며 침식되고 있었다.

 나는 무료하게 그저 기다리고 있을 뿐이다. 특공전 명령이 떨어지는 그 순간을 말이다. 어딘지 모르게 전과자 같은 생활을 하며 즉시대기 상태로 그때를 기다리고 있었다. 그것은 매우 부자유스러웠다. 그리고 그것을 무마해 준 적기의 폭음도 벌써 3일이나 들리지 않는다. 3일 간 찾아오지 않는다는 것은 도대체 무슨 이유일까.

나는 점점 말기적인 사고방식에 빠져 들었다. 나는 방비대 사령부에 적의 상태를 재삼 문의했다. 그러자 적기의 대편대는 이제 이 섬 따위는 개의치않고 일본 본토를 향해 북상했다가 다시 오키나와 남쪽으로 남하하는 것을 반복하고 있다는 것이다.

모든 것이 급변하기 직전의 양상을 띠게 된 것 같다.

하지만 그럴 때일수록 우리 부대에도 위험은 증대된다.

아무렇지도 않게 고도의 근해에 접근해 온 적 함선에 대항해 맞서기 위해 우리는 언제 어느 때 출발하게 될지 모른다.

그러나 만약의 경우, 우리의 외딴 섬이 전혀 전략적 가치가 없어져 적군이 오키나와에서 그대로 본토로 가 버린다면 우리에게 어쩌면 새로운 생활에 들어갈 수 있는 길이 열릴지도 모른다.

그런 생각을 하면서 나는 해변에서 가까운 고지대의 공터에 위치한 통나무 집으로 만들어진 본부의 대장실을 빠져나와 슬슬 바위너설이 있는 바닷가를 따라 부대 구내를 곶의 끝을 향해 걸어갔다.

막사는 바닷가의 작은 후미를 이용해서 분산되어 지어져

있었다. 그리고 바닷가 쪽으로 튀어나온 산등성이 바위층의 적당한 장소를 골라 30m 전후의 호를 파서 자살정을 격납하고 있었다. 우리 대오가 있는 해안 후미 입구는 직접 해협을 향해 열려 있지는 않다. 좁고 가늘게 이어진 해안의 후미 입구에서 직각으로 구부러져 있었기 때문에 넓은 해협으로부터의 직접적인 풍파가 그 입구에서조차 끊어져 후미 안에 직접 영향을 미치지는 않기 때문에 후미는 마치 산속의 호수처럼 생각될 때가 있었다. 시야도 후미 안에만 한정되어 그 좁은 범위에서는 우리 비밀부대는 격리된 기분이 들 때가 있었고, 또 실제로 우리들만의 생활을 펼칠 수가 있었다. 나는 방비대 사령의 허가를 명분으로 해서 작은 배를 이용한 후미 안쪽에 있는 마을과 또 다른 마을과 교통을 금지하고 있었다. 우리는 군기(軍機) 분대이기 때문에 의해 그것이 가능했다.

조용한 해안의 후미를 바닷가를 따라 슬슬 걷는 동안 기분은 완전히 정리되고, 그와 동시에 의무와 책임 같은 것만 자꾸 생각나 대원들을 가혹하게 골짜기 안의 부대 안에 가두어 버린 그 일에 대한 대가처럼 나도 함께 갇혀 있었다.

후미 안쪽에서는 가는 곳마다 대장이라는 위치로 행세해야만 한다.

후미가 시작되는 지점은 능선이 튀어나와 있고 바위가 바닻속까지 줄을 지어 알몸을 드러낸 채 바람을 맞으며 바닷물에 씻기고 있었다. 간조 때는 바다 밑이 드러나 암석은 애처로운 느낌을 주었다. 그곳은 마침 좁고 긴 부대 안의 한쪽 끝이었다. 우리는 그곳에 초병을 두었다.

나는 초소탑으로 걸어갔다.

그곳 초병은 대개 기지대의 제2국민병에서 보충된 30세에서 40세 이상 되는 사람들로, 이 대오에서는 가장 아래 계급인 군인이 맡았다. 그들은 총 50명 정도로, 이미 상당한 사회적 지위를 지닌 잡다한 직업 경력을 가진 자들의 집단이지만, 그중에서도 농부가 가장 많고, 광산감독, 말단공무원, 경찰, 빵 제조업자, 우산공, 이발사, 지방의회의원 등의 직업을 가진 자가 섞여 있었다. 또한 문맹이 두 명 있었다. 정신박약자도 있었다.

그들의 복장은 가장 허름하고, 그리고 가장 밑바닥 일을 담당했다. 그들은 아무런 군대교육도 받지 않고 우리 대오에 배치되어 왔다. 그 주요 임무는 자살정 격납고의 반출입 작업으로, 마지막 운명의 날에 자살정이 기지를 나가고 없을 때는 그들은 소총과 수류탄만으로 육전대를 편성하게 되어 있었다.

그들의 대부분은 전투작업에는 맞지 않다고 생각되었다. 그들은 규율이나 훈련을 가장 싫어했다. 그래서인지 그들은 그것에 가장 민감하게 반응했다.

 단기간에 그들은 얼마나 고통스러운 훈련을 참고 견디어 온 것일까. 낙오자가 나오지 않았다는 것이 이상할 정도다.

 어찌되었든 간에 요즘은 일단 햇빛에 그을려 보다 늠름해지고 형식적인 규율에도 어느 정도 적응할 수 있게 되어 그때까지는 볼 수 없었던 새로운 병대의 모습이 만들어지고 있었다.

 그리고 요즘처럼 우리 대오가 둔전병 양상을 띠게 되자 그들의 확실한 생활 근거가 점점 그 모습을 드러내기 시작했다.

 후미의 바위 절벽 위에서 나는 그 노초병의 '받들어 총' 경례를 받았다. 매우 엄숙하게 입을 내밀고 전방을 노려보고 있었다. 나는 그의 눈앞을 지나 부대 밖으로 나가야만 한다.

 바다는 마침 조수가 가장 낮았다. 나는 좁은 낭떠러지의 암반 위를 초병 바로 옆으로 지나지 않고 멀리 마른 모래사장을 돌아 바깥쪽으로 나왔다.

 바깥쪽은 공기가 움직이고 있었다.

 그리고 시야가 넓게 열렸다.

 해안 안쪽이 파도가 멎어 물이 잔잔히 고여 있어도 이곳에 와서 발을 한 발짝 골짜기 바깥쪽으로 내디디면 바람이 귓속을 울리고 지나가 몸 속에 기르고 있는 앵무새가 자유로운 날개를 퍼덕이며 비상할 생각을 했다.

앞바다의 파도는 하얗게 포말을 일으키고 갈매기가 한적하게 춤을 추고 있었다. 그리고 후미 쪽은 해협으로 크게 입을 벌리고 그 해협 너머로 아득히 멀리 보이는 섬의 산 모습, 해안을 따라 나 있는 지방도에 무너져 내린 붉은 흙 등이 아프다는 듯이 내 마음에 호소해 왔다.

후미 안쪽에서의 무거운 짐 같은 것이 내 등에서 떨어져 나가 나는 아주 홀가분하게 아무런 재능도, 기능도 없는 있는 그대로의 모습을 바닷가에 묻을 수 있었다.

나는 바깥쪽 모래사장에 몸을 내던지고 바로 누워 양팔을 베고 누워 파란 하늘을 올려다보았다. 후미 안쪽의 부대 안에서 그런 자세를 취하는 것은 곤란하다. 그래도 바로 옆 바위 위에 있는 나보다 나이가 많은 초병의 눈을 약간은 의식하면서 나는 그렇게 하고 있었다. 그는 조용히 언제까지나 그런 자세로 있는 나를 보고 있음에 틀림없었다. 나는 이 상태를 태양 광선처럼 유쾌하게 느끼면서 그렇게 하고 있었다. 적어도 그때 나의 자세는 자유롭고, 초병의 자세는 부자유스러웠다. 그러나 나는 그에게서 악의를 느낄 수 없을 만큼 자신의 붕괴된 그 자세에서 자연을 헤아리고 있었다.

나는 햇빛에 구운 돌과 공기를 타고 오는 태양열과, 그리고 바다 내음, 솔바람 향기, 갯강구의 짠 내음에 취해 몸에서 단내가 날 때까지 하늘을 보고 누워 있었다. 마침내 나는 몸을 일으켜 걷기 시작했다. 해협 안으로 튀어 나온 곶 쪽으로 가려고 생각했다.

곶의 끝을 빙 돌아 저쪽으로 가면 바로 옆의 후미는 이쪽보다 넓어 해협에 바로 그 모습을 드러내고 있고, 그 후미 안쪽의 마을도 꽤 큰 편으로 지방자치단체와 농협, 초등학교, 파출소 등이 있었다.

저절로 발길이 그 마을로 향했다.

요 3일 간에 전황의 말기적 현상을 강하게 느끼면서 나는 자신의 몸이 몹시 떨리는 것을 느꼈다. 식욕은 완전히 감퇴했다.

본부 안에서는 식사에 관심이 깊은 다른 사관들의 강한 자기 주장이 나의 식욕을 한층 감퇴시켰다. 내가 식욕이 없는 것은 나의 사치였는지도 모른다. 그렇지 않다면 내 위장의 신경장애 때문이었을 것이다. 나는 낮이나 밤이나 어떤 명령을 기다리며 계속 그것만 속으로 계산하고 있었으니까. 그래도 이 자살정이 처음으로 사용된 린가엔에서도 그 다음의 오키나와에서도 기를 쓰고 덤빈 효과가 있었던 것 같지도 않다. 아니 그것은 완전히 실패였다. 같은 시기에 파견된 자살정 부대에서 무사히 남은 것은 이 섬에 파견된 두세 개의 함정대뿐이었다. 우리가 가지고 있는 자살정의 효과로는 어떤 승산도 기대할 수 없다. 그나마 신경을 마비시키는 초고속마저 빼앗겨 버린 자살정에 나는 어떤 기대를 가질 수 있을까.

나는 신경쇠약에 빠져 있었다. 나 자신은 그렇게 생각하지 않았지만, 소심한 내가 그렇지 않을 리가 없다. 그 때문에 식욕이 떨어지고 얼굴색이 창백해졌다. 다른 대원들은 연일 계속되는 옥외작업으로 건강하게 얼굴색이 탔는데.

몸이 매우 나른했다. 남해의 더운 공기 탓도 있었겠지만, 바닷가 생활은 오히려 우리들에게 쾌적했을 것이다.

왜 그런 느낌을 갖게 되었는지는 모르지만, 나는 사령부 최고지휘관의 조급한 판단으로 무의미한 희생자가 될 날이 결국 다가왔다고 생각했다. 그렇지 않으면 전쟁의 종결을 볼 것이다. 그러나 자살정 승무원에게만은 몹시 비극적인 전말이 찾아오는 게 아닐까. 그 승무원에게는 끝이 좋지 않은 예감이 들지만, 일반적 정세는 전쟁의 종결을 기대할 것이다. 그것이 어떤 형태로인지 당시의 나는 생각하기를 꺼리고 있었다. 하지만 우리가 출발한 후에 남은 자들은 어떤 상태에서든 생명은 보전할 수 있을 것이다.

왜냐하면 적의 기동부대가 이미 우리 섬에 용무는 없지만 일본 본토로 가는 항해 도중에 갑자기 해안으로 접근해서 비행을 할 수도 있기 때문이다. 가는 도중이기 때문에 일부러라도 약간 위협을 하는 척하면서 장난기를 발동시킬 수도 있는 것이다. 그러나 우리 섬은 그런 여유 있는 생각을 할 수가 없다. 게다가 완전한 전파탐지기 한 대도 갖고 있지 않은 빈약한 경비망의 보고를 종합한 결과, 방비대에 있는 사령관은 마침내 우리 자살정을 사용해 볼 것을 결의할 것이다. 그는 오키나와로 부임하는 도중, 오키나와가 구제할 수 없는 상태에 빠졌기 때문에 우리 섬에 머물러 북부 남서제도 방면의 해군부대 최고지휘관이 된 것인데, 이 방면의 해군부대에 그가 인정한 함정은 우리 자살정에 의해 편성된 네 개의 수상특공대와 네 척의 특수잠수정밖에 없었다. 해군부대로서는 아무리 생각해도 이해가 안되는 군비 상태였다. 그 밖에 기범선(機帆船)으로 편성된 수송선부대가 있었지만, 그것이 어느 정도 전투에 도움이 될지 정확하게 평가할 수는 없다. 그리고 수명이 다한 특공병기만으로 연합돌격대를 편성하고 각 부대 지휘관의 선임순으로 순번이 매겨져 있었다. 제1돌격대는 해병 출신의 Q대위가 지휘관으로, 연합돌격대 지휘관도 겸하고 있었다. 내 부대는 제2돌격대로, 이 두 돌격대가 우리 섬에 기지를 두고 본토에서 진출해 온 것은 거의 같은 때로, 항상 자매부대로서 서로 돕고, 훈련기간도 다른 돌격대보다 훨씬 길고 사고 없이 완전에 가까운 정비를 유지할 수 있었다.

모든 돌격대를 동시에 출격시키는 것이 효과적이기는 했지만, 그렇게 하면 그 후에 공격병기는 하나도 남아 있지 않을 테니까 사령관은 그런 결심을 할 수는 없을 것이다.

그래서 우선 최초의 불똥을 피하기 위해 예비학생 출신의 지휘관을 가진 제2돌격대를 해협 밖으로 내보내서 사용해 보는 것이 가장 적당한 것처럼 보이는 것이 아닐까. 아마 그렇게 될 것이다. 나에게는 끈기가 없는 그런 사고력밖에 없었다. 그 결과, 그것이 소용없다는 것을 알고 제2돌격대의 희생 후에 급속도로 어떤 새로운 상태가 발생하여(그 무렵에는 항복이라는 형식이 우리에게는 감히 생각할 수 없었음에도 불구하고) 전쟁은 끝나게 될 것이다. 전쟁의 종료. 세계 정세에 어두워진 우리들에게 그 사실이 얼마나 먼, 거의 기대할 수 없는 꿈 같은 시간과 공간처럼 생각되었을까. 산비탈 초원에 누워 뒹굴 수 있고, 금지사항은 없어지고, 이제 지금은 상상할 수도 없는 해협을 사이에 둔 저쪽 섬과의 정기 우편선이 부활될 그날들을 왜 우리가 함께 누릴 수 없는 것일까. 폭음에 오들오들 떨며 이리저리 피해 다니던 섬 주민들과, 그리고 우리들.

곶으로 가는 도중에 외따로 한 채 서 있는 집, 그리고 그 뒤쪽 산은 질서정연하게 경작된 계단식 밭이었다.

그 계단식 밭 풍경도 풍화될 것이다. 그 뒤에 오는 후세 사람이 있다 하더라도 아무런 감흥도 일지 않을 것 같았다. 마을과 마을을 연결하는 집들 사이로 난 길과는 상관없이 곶의 변두리 쪽으로 홀로 비바람을 견디고 있는 외딴집의 마지막 거주자가 될 한 쌍의 부부가 맨발로 항상 바지런하게 과거의 관습 그대로 가업을 계속하고 있다는 것이 말할 수 없이 경이롭게 보였다. 언제 보아도 돼지에게 먹이를 주고 밭을 갈며 감자를 캐고 소금을 구우며 고기를 잡고 보리를 타작하느라 바쁘게 움직이고 있었다. 나는 초소탑이 있는 바위 위에서 망원경을 꺼내 그 움직이는 인간의 모습을 보는 것을 하나의 위안으로 삼았을 정도이다.

또한 과장되다 싶을 정도로 공습을 두려워하는 그들의 모습이 내 마음의 상처를 묘한 감정으로 치유해 주었다.

편대의 폭음이 들리자 내 귀는 토끼귀처럼 민감해져서 누구보다도 먼저 그 소리를 알아듣지만, 그들은 제법 가까이 오고 나서야 그 소리를 듣는 것 같다. 마침내 폭음을 확실히 들었는지 허둥지둥 바닷가의 낭떠러지를 이용해서 만든 방공호 쪽으로 달려가는 남편의 모습이 망원경 렌즈에 잡힌다. 그리고 집 안쪽을 향해 뭐라고 외치는 낮은 소리가 아주 가까운 곳의 소리처럼 내 귀에 들어오자 또 한 명, 키 작은 그의 처가 마치 굴러가듯이 남편을 따라 방공호로 피신해 가는 모습이 활동사진의 한 장면처럼 보였다.

나도 그 방공호에 들어가 보았다. 그것은 점토층의 적토에 간단한 갱목을 넣어 구멍을 뚫은 것으로, 꽤 시간을 들여 만들었음에 틀림없다. 그렇다 하더라도 방공호 안의 둥글게 파인 곳은 사람 두 명이 겨우 들어가 있을 수 있을 정도의 넓이로, 습기를 막기 위해서인지 판자가 깔려 있고 그 위에 거적이 놓여 있었다. 아마 그곳에서 초로의 부부가 서로 껴안고 공포에 떨고 있을 것이라고 생각되었다.

그들 집의 기둥과 툇마루가 해풍과 폭풍우 때문에 원목처럼 벗겨져 있는 것과 마찬가지로, 세월의 풍파에 씻기어 거칠어진 한 쌍의 부부가 폭음에 전율하는 그 모습을 보고 있으니 기분이 좋은 것이다.

그들이 이 곳의 외딴집에서 낳은 아이들이 아직 어렸을 때는 매일 아침 이 집에서 거미 새끼를 사방에 뿌리는 것처럼, 열 명 가까운 아이들이 서로 왁자지껄 싸움을 하면서 학교를 다녔을 것이다. 나는 더 이상 읽을 책이 없었기 때문에 메이지(明治) 시대의 책이나 오래된 잡지가 있을까 하고 그 집에 빌리러 간 적이 있었는데, 심상과(尋常科)라든가 고등과(高等科)라는 구별이 붙어 있던 시대의 초등학교 국정교과

서가 반침(큰 방에 붙어 있는 작은 반 칸 방—역자주)에서 나왔을 뿐이었다. 그리고 그 아이들은 각자 뿔뿔이 흩어져 곶의 외딴집에는 초로의 부부만이 남게 되었다.

그 방공호에 나는 N과 함께 들어간 적이 있었다.

N은 곶을 빙 둘러싼 반대편에 보이는 후미 안쪽 마을에 연로한 조부와 단 둘이서 살고 있는 처녀다. N은 밤이 완전히 깊어지고 나서 곶을 돌아 외딴집 근처까지 나를 만나기 위해 찾아왔다.

처음에는 내가 곶의 산등성이 작은 고갯마루를 넘어 그 마을로 나갔다. 그 무렵 나는 그 마을에 있는 관공서와 학교에 볼일이 있어 자주 갔었다. 그러나 그 사이에 그런 용무도 적어지고 마을 주민은 산속에 오두막을 짓고 소개(疏開)되어 우리는 방비대 사령부의 사령관으로부터 즉시대기 준비에 임할 것을 명령받은 상태에 있었다.

그래서 나는 N이 있는 곳으로 한밤중에 나가기 시작했다. 하루 종일 나는 대장실에서 사령관으로부터의 명령을 기다리다가 마침내 하루 해가 저물고 저녁식사도 마치고 밤이 되어 고갯마루 봉우리 근처에 달이 뜨는 것을 보고 있었다.

나는 이상하게 눈물을 잘 흘리고 외곬로 변하여 특히 여섯 명의 '준사관 이상(准士官 以上)'의 거들먹거리는 태도를 혐오하기 시작했다.

자정이 지나자 나는 부시시 일어나 신발을 신고 회중전등과 지팡이를 갖고 고갯길을 올라가 동쪽 하늘이 하얗게 밝기 시작할 무렵 고개를 내려와 대장실 침대 안으로 조용히 들어갔다.

그러나 이제 그것도 할 수 없게 되었다. 정세가 악화되었기 때문이다. 이제 어느쪽이든 결판이 나지 않으면 안된다. 그래서 부대를 벗어나는 것이 위험했다. 오도가도 못하고 나는 부대 안의 후미 언저리만 왔다갔다 하며, 볼은 여위고 얼굴색도 나빠졌다.

그러자 N이 곶을 빙 돌아 부대 끝 가까이까지 찾아오는 것을 발견했다.

나는 어떻게든 구실을 만들어 후미가 구부러지는 곳에 위치한 바위 위의 초소탑을 나와 N과 만났다.

그렇다고 해도 그것은 한밤중에 이루어지지 않으면 안되었다. 바닷가에서 사계절의 변천을 직접 경험하는 생활을 하게 되고 나서 달이 있는 밤과 그렇지 않은 밤이 있다는 것을, 그리고 그것의 교체가 틀림없이 찾아온다는 사실에 새삼 경탄하고 있었지만, N이 곶을 돌아 나를 찾아오는 일이 시작되고 나서는 달은 나에게 한층 더 관심사가 되었다. 달이 없는 어두운 밤에 곶을 넘는다는 것은 넘을 수 없는 높은 산처럼 얼마나 절망적으로 보였던지. 그리고 달의 기울기에 따르기라도 하는 것처럼 내 가슴속에서도 바닷물이 나갔다 들어왔다 했다.

나는 천체와 조수표 산출법에 관해 좀더 정진하지 않으면 안되었다.

한편 나의 그런 몽유병자 같은 심야의 행동에 대해 비난을 하는 자와 왠지 모르지만 허용하는 자가 자연히 나오게 되었다.

특히 본부 사관실의 '준사관 이상' 사이에서 절실히 느끼기 시작했다. 비난은 서서히 뿌리깊게 자라났다. 허용은 나에게 달콤한 속삭임을 주었다.

이제 모든 것이 수포로 돌아갈 시각이 다가오고 있다. 나는 그것을 모래시계의 무자비한 모래알처럼 내 마음을 꽉 조이는 소리로 듣고 있었다.

나는 곶을 걸어갔다.

흰 모래가 넓게 펼쳐져 있고 파도의 물장난에 움푹 패여 만곡을 이룬 곳. 또한 울퉁불퉁한 돌멩이뿐인 작은 곶의 끝자락. 큰 바위덩어리가 떨어졌다고 생각되는 험준한 곳.

또 해초 때문에 미끄러워서 잘 걸을 수 없는 절벽 가장자리가 있었다.

달이 없이 비가 오는 날, 그것도 나의 잘못된 조수표 계산 때문에 마침 만조일 때 그 험준한 곳을 지나야만 했던 N이 다섯 시간이나 걸려 겨우 찾아온 적이 있었다.

그런 식으로 해서 N은 언제나 그곳을 밤길로 이용하고 있었다.

그곳을 나는 밝은 태양이 쨍쨍 내리쬐는 오후, 그리고 한사리(음력 보름과 그믐날, 조수가 가장 높이 들어오는 때―역자 주)의 조수가 가장 낮은 때인 지금, 곶 너머 반대쪽 마을로 어슬렁어슬렁 발길을 돌리고 있었다.

이제 내 모습을 초소탑의 초병은 알아보지 못할 것이다. 초병에게 나의 분명한 의지를 들키는 일은 더 이상 참을 수 없다. 다만 이제 저 명분이 서지 않는 일에 대한 바람만이 내 등을 활처럼 굽게 하고 있었다.

나는 지금 전투원인 것이다. 그것은 뭔가 뒤죽박죽된 느낌일 것이다. 이 전쟁에 대해 나는 무엇을 알 수 있을까. 나의 의지는 상실되고 내 손은 더러워져 경사를 점점 내려가고 있었다. 내려간다고 해도 그 움직이는 자신의 모습이 한 곳에 고여 이렇게까지 정체된 느낌이라니. 단지 남쪽 방향에서 뇌성이 울려퍼지고 비구름이 몰려오고, 그리고 불안한 섬광. 남쪽에서 불어오는 피비린내 나는 굶주림에 나는 나뿐만 아니라 염려스럽게도 내 명령으로 40명이나 되는 자살정을 이끌고 저 세상 끝의 꽁꽁 얼어붙은 바다 끝 낭떠러지로 뛰어들 운명에 있었다. 큰 소용돌이가 이는 울림의 심연 속으로 빠져 들지 않으면 안되었다.

그러나 해변가의 돌멩이를 발로 차며 걸어가는 나는 아무 것도 생각하고 있지 않다.

나는 토우(土偶)에 불과하다.

다만 흐린 날 구름 뒤에서 비치는 태양처럼, 배후에서 위협당하는 그 틈새의 자유를 향한 날개짓에 이끌리는 나에게 바다새의 지저귐은 아직 살아 있다는 것을 축복해 주는 것처럼 들렸다.

해협 맞은편의 섬산이 보인다. 그리고 서로 마주본 마을 외곽에 불타고 남은 몇 채의 기와지붕이 태양빛으로 하얗게 빛나고 있었다. 그 마을은 해협을 사이에 낀 양쪽 섬의 유일한 마을로, 그 때문에 적의 폭격기가 군집하는 까마귀처럼 집요하게 습격하여 중요한 부분은 거의 파괴되어 버렸다.

시간마다 뿜어대는 지옥의 화염과 연기는 지금은 전혀 볼 수가 없고, 모두 불타 버린 적막한 들판이 되어 있었다.

나는 망원경으로 해협 맞은편의 그 폐허의 마을을 들여다 본다.

남녘의 뜨겁게 타오르는 한여름의 태양이 내리쬐는 섬산.

그러나 해협에는 조각배 한 척 보이지 않고 잔잔한 물결 위로 반짝거리는 햇빛의 반사를 받으며 밑으로 바닷물의 흐름을 조용히 감추고 있었다.

오늘도 폭음이 들리지 않는다.

하지만 나는 문득 희미한 폭음 소리를 들은 것처럼 착각했다. 그것은 귀보다 가슴으로 울려 왔다. 이제 아무런 감각도 없어져 버린 그 전조(前兆). 나의 모든 신경은 그 소리를 포착하려고 긴장했다. 그것은 매우 낮았지만, 마침내 나의 신경은 확실히 그것을 포착할 수 있었다. 그것은 필시 초대형 편대가 내는 복합음의 희미한 전주곡임에 틀림없다.

나는 내 몸을 모든 방향으로 기울여 보았다. 나의 몸이 하나의 정교한 청음기였다.

그리고 내가 그 소리의 진원지를 반대쪽 해안의 평행한 지상 물체에서 확인했을 때의 안도감이란 어떤 것일까. 나의 하복부에는 몇 겹 단층이 있고 여러 가지 현상에 대한 판단을 할 때마다 그 단층으로 쿵 하고 떨어지기도 하고 기어오르기도 하는 것이다.

나는 계속 눈을 감고 해협 반대편 마을의 폐허에 신경을 집중했다.

폭음은 분명히 자동차가 내는 것이라는 것을 알 수 있었다.

안도감이 한층 더 몸 속을 휘젓고 돌아다닌다. 그 모습이라니.

그건 그렇다 해도, 그 정도로 심하게 폭격을 당한 마을에 누가 어떤 일로 자동차를 타고 온 것일까. 육군이 작업하러 온 게 아닐까. 아직 사람들은 저쪽 해안 마을에서 살고 있다.

서로에게 어떤 연락도 위험하므로 따로따로 살고 있는 요즈음의 나는 해협 건너편도 잊어버리고 소리라고는 적의 비행기 폭음밖에 들리지 않는데.

곶의 저쪽 끝에는 표정이 있었다.

간조로 곶의 끝에 있는 바위는 그 전모에 가까운 모습을 드러내고 있었기 때문에 파도에 깎인 동굴의 뾰족한 모양을 나는 두 눈으로 확인할 수 있었다. 바짝 말라 버린 해조가 바삭바삭 소리를 내고 무수한 작은 구멍에는 게도 새우도 아닌 조그만 어패류들이 구멍 속과 패각에서 몸을 내밀어 촉각과 팔다리를 움직이고 있었다. 강한 바다 냄새가 코를 찔렀다. 그리고 역시 바닷물에 잠겨 있는 동굴의 안쪽 부분을 들어갔다 나왔다 하는 바닷물이 땅 밑의 저주의 외침처럼 낮은 소리를 계속 내고 있었다.

나는 바위의 맨끝에 서서 발밑의 부풀어 올랐다 낮게 움츠렸다 하는 바다의 움직임을 한동안 바라보았다.

그러자 바닷물이 부풀어 오르는 율동이 가볍게 내 몸에 전해져 왔다.

전망이 확 트인 곳에 섰을 때의 상쾌함.

또 때로 밀어닥치는 파도 때문에 나는 온몸에 물보라를 뒤집어썼다.

마침내 나는 모든 것을 잊고 마을로 향했다.

물가를 따라 구부러진 작은 백사장과 낭떠러지를 하나 넘으면 마을의 모습이 한눈에 들어왔다.

이쪽에 있는 후미는 우리들이 있는 후미에 비해 마냥 넓기만 한 해협을 향해 트여 있을 것이다. 곶에서 후미 안쪽을 정면으로 보면 넓게 확 트여 있었다. 우리들의 폐쇄된 비밀스런 좁은 후미에서 이쪽으로 돌아오자 그 넓고 확 트인 후미의 모습에 어두운 생각을 남에게 들켜 버린 듯한 주저감을 느끼게 한다.

아마 하늘에서도 넓은 평지처럼 펼쳐진 모습으로 보일 것이다. 그래도 왠지 아직 폭탄의 직격에서는 벗어나 있었다.

걱정스러울 정도로 집들이 후미 가득 옹기종기 모여 있는 모습이 아무리 보아도 복잡하고 옹색한 마을처럼 보였다.

마침 후미는 바닷물이 가장 얕은 시간으로, 후미의 반 정도까지 빠져 나가 있었기 때문에 한 자는 넘을 거라고 생각되는 선창가 긴 다리의 큰 기둥이 흉물스럽게 마을의 중간쯤부터 후미 쪽으로 이열종대로 밀고 나오는 것을 두 눈으로 분명히 확인할 수 있었다.

나는 공습이 심해졌을 때 폭격의 목표가 되는 것이 두려워 그 선창가 다리의 널빤지를 치워 버릴 것을 마을에 권유했지만, 이런 간조 때에는 조금도 그것은 도움이 되지 않는다. 해협 저쪽과의 정기적인 발동선이 왕래를 멈춘 지도 꽤 오래 된 일이다. 모든 평상시의 생활 시설이 게 다리를 떼어 내듯이 하나씩 끊어진 것이지만.

간척지의 어느 날 오후.

나는 무엇을 생각하고 있었던가. 심판의 날이 다가온 듯한 불길한 예감에 휩싸인 그 며칠 중의 하루에. 하지만 섬마을 사람들은 그 간척지 안에서 평상시의 간조 때와 다름 없이 우르르 몰려나와 조개줍기를 하고 있었다. 마치 구멍에서 나온 게만큼도 저쪽을 보지 못하고 벌써 3일이나 비행기가 보이지 않는다고 해서 안심하고 그들을 소개시켜 놓은 오두막에서 바닷가로 내려왔다.

(마음을 놓아서는 안된다. 위험하다. 안에 들어가 있어라) 문득 나는 그렇게 생각했다. 그래도 전령이나 나팔수가 없는 곳에서 내 목소리는 아무 쓸모가 없다. 3일 간의 정적에 대해

내가 아무리 신경을 곤두세워도 마을 사람들에게 그것이 어 쨌다는 것인가.

나는 무슨 권리가 있어서 즉시대기 상태에서 대오를 떠나 마을을 향해 다가가려고 하는 것일까.

나는 드디어 마을 안으로 들어서고 말았다.

곶에서 보았을 때는 많은 집들이 모여 있는 것처럼 보였는데 안에 들어와 보니 마을은 정적이 감돌고 수목과 높은 담장들이 집들을 빙 둘러싸고 있고 인기척도 나지 않는다. 간척지에는 그 많은 아이들과 어른들이 나와 있어도 역시 생활은 소개 지역인 오두막에서 하는 탓인지 마을 안은 사람이 하나도 없었다.

나는 대낮에 담 사이에 끼인 마을의 좁은 길을 빙빙 맴돌았다.

뭔가 강한 향기의 수목 냄새가 코를 찌른다. 그 냄새는 내가 심야에 마을을 걸어다닐 적에 어두운 정적 속에서 괴로울 정도로 관능을 자극한 냄새인 것이다. 심야의 몽유(夢遊)와 비슷한 어리석은 산보는 언제든지 오늘 밤만 하겠다는 무거운 자물쇠로 단단하게 연결되어 있었다.

그 냄새는 결국 N과 연결되어 있다. N은 대낮에도 심야와 마찬가지로 나를 기다리고 있을 것이다. N에게 생활은 단지 기다리는 것뿐이다.

 나도 장님이 되어 버렸다. 고아인 N에게 이 세상에서 단 한 명의 손녀를 의지하여 살고 있는 늙은 조부를 혼자만 계곡 안의 오두막으로 소개시켜 놓고 N에게만 마을의 집에서 기거하도록 한 것은 내가 아니었던가. N은 노인에게 마을 안은 위험하고 위급할 때는 도망치는 것이 곤란하다는 이유로 조부를 따로 혼자 소개시켜 버렸다. 물론 다른 마을 사람들도 대부분은 산 근처와 계곡의 오두막으로 소개시킨 것이지만, N이 자기 혼자만 마을의 집에서 밤이나 낮이나 머물러 있는 것은 얼마나 부자연스럽게 보였을까.

 그것을 N은 조금도 신경 쓰지 않는다. N은 나와의 일을 마을 사람들이 조금도 알고 있지 않다고 생각하고 있다.

 이제 출입구가 보인다. 아무도 없는 심야의 정적이 조용히 발소리를 죽이고 나를 이 출입구로 인도해 줄 때는 그 정도로까지 이상하다는 생각이 들지 않던 이 길이 대낮의 태양 아래서는 눈이 번쩍 뜨일 만큼 이상하다. 이 백주 대낮에도 소실되지 않고 남아 있다는 것은. 빼곡히 들어선 키가 큰 담장의 나무들. 그것은 무슨 나무인지 나는 모른다. 그 내부의 것을 외부로 드러나지 않도록 감싸 준다는 것에 나는 친근한 안도감을 느끼고 있을 뿐이다.

 평평한 반석을 묻은 낮은 돌계단을 2단 정도 밟고 구조물 안으로 들어가니 N의 조부가 관상용으로 심은 화초가 사람의 손길이 닿지 않은 채 제멋대로 키만 껑충 자라 있었다.

문주란이 무리지어 피어 있는 모습은 도깨비 같은 꽃의 군집이다. 그 강한 냄새와 하얀 유혼(遊魂)이 사방으로 손가락을 뻗치며 뭔가를 요구하고, 또 고개를 갸웃하고 대기하고 있는 모습은 나의 심야 방문의 마중객으로, 나는 그 문주란에 의해 더 이상 나무랄 데 없는 상태로 유도되고 있었다.

그래도 한낮의 문주란은 전혀 구부러짐도 없이 그 많은 꽃들을 지탱하느라 힘겨워하고 있었다. 그러나 나는 그것을 보고 아주 단호한 마음으로 다시 일어섰다.

나는 문주란 앞을 몰래 지나왔다. 강하게 풍기는 새콤달콤한 냄새. 그것은 N의 냄새와 비슷한데, N은 문주란 꽃대를 쥐고 꽃들의 냄새를 얼굴 가득 끼얹기도 했다. N도 또한 다른 섬 사람들과 마찬가지로 맨발로 있는 것이 자연스러웠다. 섬 사람들이 맨발로 걷는 바닷가와 마을의 골목길과 정원을 나는 군화를 신고 조용히 걷는다.

위장을 위해 지붕마다 세워 놓은 소나무와 그 밖의 잎이 많은 나무도 말라 갈색으로 변해 버리고, 또 몇 번이나 반복했기 때문에 마당에는 낙엽이 가득 떨어져 있었다.

섬의 날씨는 비가 많이 오고, 또 그 비가 발(垂簾)처럼 낮게 드리우면 섬은 바다와 하늘 사이에 물로 가려져 뿌옇게 어디론가 숨어 버린다.

비가 갠 다음날은 수목이 쑥쑥 자란다.

오늘은 수목이 자라는 날이다.

나는 햇빛이 비치는 간조 때의 바닷가를 태양에 등을 태우며 걸어왔다. 마을의 집들은 쥐죽은 듯이 조용하고 수목이 자랄 때의 후끈후끈한 열기로 충만해 있었다. 장미가 흐드러지게 피고 벌레들이 둔한 날갯짓으로 꿀을 여기저기 뿌리고 다닌다.

나는 서재의 툇마루 쪽으로 돌아가 댓돌 위를 보았다.

그리고 거기에 N의 신발이 없는 것으로 보아 집 안에 아무도 방해할 사람이 없다는 신호를 알아챘다.

내가 밟는 낙엽은 바삭바삭 소리가 나서 방문한 쪽은 나인데 내가 그 집 주인인 것처럼 갑작스런 방문객에게 가슴이 두근거리는 듯한 착각을 느꼈다.

서재의 응접실 문은 열어 젖혀 있었다.

응접실 안에는 툇마루 가까이에 책상이 놓여 있고 그 위에 공기돌이 널려 있고 책이 펴진 채로 놓여 있었다. 또 램프도 올라와 있었다. 대충 한지를 바른 간단한 등갓을 쓰고.

밤에는 빛이 밖으로 새지 않도록 램프의 심지를 가능한 한 짧게 하고 그 위에 씌운 등갓 위로 다시 천을 덮었다. 그 램프가 있어서 나는 N을 여러 가지 음영으로 바라볼 수 있었다.

서재에는 인기척이 없었다. 나는 뒤꼍으로 돌아갔다.

습기로 파란 곰팡이가 핀 이 저택의 뒤꼍. 변소 옆을 지나 우물가의 부엌으로 다가갔다.

나도 모르게 발소리를 죽였다. 부엌 안도 밖에서 들여다 보기에는 인기척이 없었다. 어쩌면 이 집에 사람이 아무도 없는 것이 아닐까. 나는 맥이 쭉 빠지면서 원망스런 기분이 발끈 솟아오르는 것을 느꼈다.

(이제 정말로 어떻게 될지 모른다. 오늘 밤에도 출격명령이 떨어질지 모른다. 모르는 것이 아니라 우리들의 자살행 출발시각은 이미 코앞에 다가와 있음에 틀림없다.

이제부터의 시간은 지금까지의 그것과는 전혀 달라진 것이다. 무슨 일로 언제 어떻게 단절되어 버릴지 알 수 없는데)

나는 옆쪽 툇마루로 다가가 아무렇지 않은 듯 구석을 바라보았다.

그리고 거기서 나는 N을 발견했다.

그녀는 아주 작은 소리를 내며 웅크리고 앉아 자꾸만 뭘 먹고 있었다.

나는 그것을 조용히 보고 있었다.

슬립 한 장 걸친 몸이었다. N이 하루 종일 어떤 일을 하며 살고 있는지 조금도 짐작이 가지 않았지만, 지금 나는 그 생활을 엿보고 있었다.

그녀는 딱딱한 흑설탕 덩어리를 식칼로 깨서는 입에 가득 넣고 있었다. N은 지금 아무것도 생각하지 않는 것처럼 보인다. 공습도 전쟁도. 그런데 나는 한시라도 전쟁을 잊은 순간이 있었을까. 나의 전투배치가 무엇인지를 어렴풋이나마 헤아리기 시작한 N의 매일 밤의 염려와 비탄은 지금 N의 어디에서도 찾아볼 수가 없다. 마치 들고양이가 인가의 먹을 것을 뒤지는 것처럼 나에게는 비쳤다.

뭔가 인기척을 느꼈는지 N은 내 쪽을 돌아보았다.

"어머나."

그리고는 몸을 홱 돌려 집안으로 달아나 버렸다. 그것은 고양이가 사람을 보고 놀라 도망갈 때의 느낌과 얼마나 닮았던지.

나는 집 안쪽을 향해 소리를 질렀다.

"시간이 없다. 곧 대오로 돌아가야 한다."

집 안쪽에서는 음색은 높지만, 어쩐지 김빠진 듯한 대답이 돌아왔다.

"싫어요."

나는 N이 나오기를 기다렸다.

사실은 상당히 전부터, 좀더 분명히 말하면 초소탑의 초병이 모습을 감추었을 때부터라고 생각하는데 내 몸에는 자

그마한 전동(顚動)이 일고 있었다.

내가 없는 동안에 어떤 사태가 대오 안에서 발생할지도 모른다. 또는 사령부로부터 나에게 호출이 와 있을지도 모른다. 새로운 명령이 와 있을지도 모른다.

잠시도 미련을 떨쳐버리지 못하고 여기까지 와 버렸다. 그러나 N의 얼굴을 본 것만으로도 나는 더 이상 있지 못하고 대오로 돌아가고 싶은 기분으로 잔뜩 부풀어 있었다. 작은 떨림은 그 운동의 진폭을 넓혀 또다시 멀리 둔탁하게 대편대의 폭음이 들리기 시작한 듯한 느낌이 든다.

"빨리 서둘러 돌아가지 않으면 안될 일이 있어."

N은 툇마루 끝으로 달려 나왔다. 미간을 찌푸리고 있었다. 그 미간의 주름은 나를 위협했다. 평범한 일상 생활을 시작했다면 N은 분명히 그 주름을 발작 때마다 만들어 낼 것이다. 그 주름에서 나는 끝없는 지루함과 권태의 악마가 서려 있는 모습을 순간 보았다고 생각했다.

N은 어째서 허둥지둥 뛰어나온 것일까. 기모노는 아무렇게나 입고 나와도 되는데 오비(허리띠)까지 매고 나왔다. 기모노는 무늬가 크고 밝은 나하(那覇 : 오키나와섬 남부의 지명—역자주)식으로, 그것은 N의 몸매와 외모에 조금도 어울리지 않는다. 상기된 얼굴로 화장을 하고 나왔다. 집 안의 어두운 곳에서 급하게 했기 때문에 백분도 입술연지도 피부에

잘 먹지 않고 너무 짙었다.

그것은 N을 완전히 엉망으로 만들어 버렸다. 조금 전의 맨얼굴이었을 때의 N의 모습에 내가 얼마나 끌렸던가. 한밤중의 N은 요염한 분위기를 자아내고 있었던 것을.

나는 돌아오고 있었다.

바닷물은 시시각각 차오르고 있었다.

만조 때의 바다는 비린내 나는 에너지로 가득 차 있었다. 바다는 가차없이 부풀어 올라왔다.

마을에서 멀리 지나오자 내 가슴속에는 나에 대한 N의 선의만이 남았다. 그 선의의 비애 같은 것이 바닷물이 올라옴과 함께 나를 압박했다.

아마 나는 그 누구에 대해서도 아무 가치가 없을 것이다. 더구나 이렇게 행동하는 것은 걱정스러운 일이다.

만조가 되면 곶을 돌아 산보하는 것은 어려워진다. 또다시 매일 밤마다 N에게로 향하던 그 어려움의 의미가 선명하게 나를 사로잡는다.

그리고 또 나 혼자서만 제멋대로 대오를 이탈해서 밖으로 나가 돌아다닌다는 생각과 함께 나는 무엇인가에게 벌을 받고 있다는 생각에 주눅이 든다.

마침내 나는 초소탑이 보이는 데까지 왔다. 내가 그곳을 나올 때부터 모두 몇 명의 초병이 교대했을까.

초병은 내 모습을 발견하자 평소처럼 경례를 했을 뿐 아무 일도 없다는 듯이 원래의 자세로 돌아가 근무를 계속한다.

내가 대오를 비운 동안에 아무 일도 없었다. 아무 일도 없다. 이 정도로 풍요한 생활이 또 있을까. 아무 일도 없었던 것이다. 오늘 하루도 이렇게 해서 겨우 무사할 수 있을지도 모른다.

나는 초병이 바라다보이는 모래사장에 앉아 아무 생각도 없이 눈을 뜨고 있었다. 바닷물은 발목 근처까지 올라오고 있었고, 또 주위는 황혼이 밀려와 서쪽 하늘이 빨갛게 물들고, 조금씩 자색에서 회색으로 변했다.

구름은 서쪽에서 몰려와 점점 동쪽으로 이동해 갔다.

이상한 새 같은 형상의 구름이 여광을 머금고 이상하게 빨간 빛을 띠고 흘러 갔다. 그리고 모습을 여러 가지로 바꾸며 조금씩 이동하여 불길한 검은 빛을 더하면서 동쪽으로 사라졌다.

오늘 저녁 석양이 왜 이렇게 특별히 나의 마음에 와 닿는 것일까.

그런 식으로 석양을 볼 수 있다는 것이 다시없는 즐거운 일이라고 생각했다.

나는 잔돌을 몇 개 주워서 그것을 바닷속에 던졌다. 그리고 그 소리를 가만히 들어 보았다.

일어나서 부대 쪽으로 돌아가려고 했을 때 초소탑 있는 데서 이쪽으로 달려오는 전령의 모습을 보았다.

사령부에서 나에게 보낸 전갈임에 틀림없다. 나는 언제든지 그것을 받아들일 마음의 자세를 갖추고 있다고 생각했다. 그런데 그때가 '지금'이라면 너무 이르다. 좀더 뒤로 미루지 않으면 안된다고 생각했다. 그래서 그 신호가 아무 일도 아니었으면 하고 바라게 되었다.

나는 전령이 뭔가 말하기 전에 내 쪽에서 먼저 말을 했다.

"뭔가?"

전령은 멈춰 서서 경례를 하고 나서 말했다.

"사령부에서 온 정보입니다."

나는 아직 여유가 남아 있어 깊은 안도의 한숨을 쉬었다 (마음놓고 저녁을 먹을 수 있다).

나는 전령이 갖고 온 전갈을 읽었다. 그것은 각 방면 초소의 보고를 종합하면 유력한 적의 함대가 북상중인 모양으로, 이 근처의 섬에 상륙할 가능성이 크므로 각 대오는 더욱더 경계를 엄중히 하라. 그리고 특히 수상특공대는 즉시대기에 만전을 기하라고 적혀 있었다.

나는 "좋아" 하고 소리 내서 말했다. 전령에게 알았다는 의사표시만이 아니라 나 자신에게 하는 말이기도 했다.

이번이야말로 때가 왔다는 생각이 들었다. 아마 이 섬에 정면으로 상륙할 생각은 없을 것이다. 일본 본토로 가는 도중에 잠시 들른다는 정도의 생각으로 접근하고 있을 것이다. 마침내 희생이 되지 않으면 안된다는 사실을 조금 원망하는 기분으로 스스로에게 말을 걸었다. 빨리 본부의 내 방으로 돌아가 그 순간에 대비하는 마음의 준비를 하고 있어야만 한다. 그때가 되어 신발을 신거나 휴대식량을 챙기거나 하는 것을 어떤 식으로 하면 좋을까 하는 것이 몹시 마음에 걸려 어쩌면 너무 당황해서 그런 사소한 것을 하지 못하는 게 아닌가 걱정되었다.

또한 명령이 모든 함대의 출동이 아니라 일부의 출동만을 전달해 왔을 경우에 나는 어떤 처치를 취할까.

어찌된 일인지 나는 이 비극의 파국에서 최초의 당혹스런 출동 후 사태는 급변해서 남은 모든 함대는 출동을 하지 않고 살아남을 수 있다는 느낌을 지워 버릴 수가 없다.

왜 그런 생각을 했는지는 모르고, 또 남은 부대가 어떤 형태로 살아남을 수 있을까를 생각할 힘은 없었지만.

나는 선임장교인 V특무소위의 제2함대를 먼저 내보낼까 하는 생각에 사로잡혔다. 그는 나를 경멸하고 나는 또 그를

거북스런 존재로 생각했다. 이런 경우, 순수한 전략적 이유
에서가 아니라 결정할 수 있는 명령권이 내 흉중에 맡겨져
있다는 사실에 나는 마음을 빼앗기고 있었다. 별로 좋지 않
은 처사라고 생각했다. 더구나 내가 그 희생자가 된다는 것
은 불을 보듯 뻔한 일이어서 더욱 공포스러웠다. V특무소위
를 먼저 내보내는 방법이 일종의 쾌감으로 나를 유혹해 온
다.

　본부의 사관실에서는 내 저녁 식사만 접시에 남아 있었
다.
　나는 식욕은 없었다.
　밖은 눈꺼풀에 막이 씌인 것처럼 어스름을 더해가고 있었
다.
　나는 방에서 아무것도 할 생각을 하지 못하고 그냥 멍하
니 있었다.
　내 방에는 간이 조립침대와 원목으로 된 책상이 놓여 있
을 뿐 책상 앞의 판벽에 중형 거울이 붙어 있고 책상 위에는
기밀서류함과 책이 한 권 놓여 있었다. 나의 일상적인 일들
은 점점 없어져 버렸기 때문에 N의 집에서 도손(藤村)의 『신
생(新生)』을 가져와 읽고 있었다. 문자에 굶주렸기 때문에
그 끈기 있는 문장의 자양분을 음식물처럼 섭취하고 있었

다. 그러나 뭘 읽어도 나에게는 시간이 정지해 있고 나 자신의 무능함이 점점 더 크게 부각될 뿐이다.

나는 거울에 자신의 얼굴을 비춰 보았다.

눈만 왕방울만 하고 볼도 홀쭉해졌다. 머리는 아직 깎을 정도로 자라지는 않았다. 다박나룻이 성글게 나 있다. 해가 저문 방에 등도 켜지 않은 어둠 속에서 내 얼굴은 차가운 거울 속에 골똘히 생각에 잠긴 모가 난 모습으로 가라앉아 있었다.

나는 방에 램프를 켜려고 일어선 순간, 본부에서 가까운 당직실 전화벨이 요란하게 울리는 것을 들었다.

나는 당번병에게 램프를 갖고 오라고 이르고, 당직실에서 당직방위병이 사령관으로부터의 전갈을 복창하면서 기록하는 것에 귀를 기울였다.

그것이 무엇인지 나는 분명히 알 수 있었다. 마침내 그 순간이 왔다.

당번병이 램프를 들고 방에 들어왔다. 램프의 불빛으로 당번병의 얼굴이 네거필름 같은 음영을 만들었다.

순간 나는 무엇을 해야 좋을지 몰랐다. 나는 일어서기도 하고 방안을 돌아다니기도 하고, 또 의자에 앉기도 했다. 책상 위의 책의 제목이 내 눈에 비친다. 시마자키 도손(島崎藤村 : 1872~1943, 소설가이며 시인, 시집 『若菜集』에 의해 일본의 新

體詩를 완성, 소설 『破戒』에 의해 일본 자연주의 문학을 성립시킴 —역자주)의 『신생』. 그것을 내가 읽었다고 하는 것이 얼마나 부질없는 짓이었던가. 침착하지 않으면 안된다. 세상이 하얗다. 종이처럼 희다. 거울이 무얼까. 책상이 무얼까. N은 만나고 왔다. 기다려, 그렇게 하고 있는 사이에 지금도 대공습에 습격당하는 것은 아닌가. 빨리 조치를 취하지 않으면 안된다. 매일매일 생각하던 그 순서대로 시작하면 되는 것이다. 당황해서는 안된다. 나는 손이 떨리는 것을 느꼈다.

전령이 급히 본부로 가는 좁은 언덕길을 올라왔다.

"대장님. 신호가 옵니다" 나는 억지로 침착한 태도를 보이려고 했다.

"어디, 드디어 올 것이 왔군."

약간 목이 메인 소리가 나왔다. 나는 수신지를 받아 들고 저녁 식사 후 순검(巡檢)까지의 한때를 각자의 장소에서 보내고 있는 '준사관 이상'의 집합을 명령하지 않으면 안된다고 생각했다.

"선임장교와 당직장교를 불러."

"예. 선임장교와 당직장교를 부르겠습니다."

나는 전령도 흥분해 있는 것을 느꼈다.

나는 자신의 몸이 붕 뜬 것처럼 되는 것을 억눌렀다. 방에 있는 물건들이 점점 멀어진다.

수신지에는 지난번에 발신한 적의 정황에 대해 특공전을 발동한다는 취지와 그 방법이 복사되어 있었다.

나는 기밀서류를 함에서 꺼내 하달된 특공전법의 구분을 확인하려고 했다. 그리고 나는 방금 하달된 것은 1개 함대만 출동할 경우에 해당된다는 것을 알았다.

나의 기묘한 예감이 적중했다.

핼쓱한 말(馬)이 내 눈앞을 느릿느릿 지나갔다.

당직장교가 뛰어왔다.

나는 대오 내에 전원집합을 명령했다. 해안 후미 양쪽에 점재(點在)해 있기 때문에 본부 아래의 광장에 전원이 집합 완료하기까지 상당한 시간을 요했다.

'준사관 이상'이 본부 사관실에 모였다. 나는 그곳으로 나갔다.

"모두들 기다리던 것이 드디어 찾아왔다."

나는 그렇게 말했다. 나는 최대한으로 참고 있는 뭔가를 느꼈다. 갑자기 많은 사람들이 우왕좌왕하며 불안해 하기 시작할지도 모르는 그 어떤 계기를 꾹 참고 있었다.

"전원집합."

당번병이 전성관(傳聲管)으로 소리치는 것이 어쩐지 슬픈 느낌으로 후미 안쪽 곳곳에 메아리치는 것이 들렸다.

나는 여섯 명의 '준사관 이상'이 모두 지나치게 긴장해서 금방 울음을 터뜨릴 것 같은 또는 묘하게 비웃는 듯한 웃음을 띤 표정으로 내 눈을 바라보는 것을 느꼈다.

나는 세 명의 함대장 얼굴을 보았다(누구를 최초의 희생자로 할까).

"하지만 명령은 1개 함대의 출동이기 때문에 내가 선봉을 서겠소."

나는 마침내 주사위를 던져 버렸다. 나는 선임장교인 V특무소위의 강한 시선을 느끼면서 내 성격의 나약함을 인정했다. 어차피 내 차례이다. 그런 기분이 강하게 솟아오는 것을 느끼고 있었다. 나는 그때 그들 여섯 명과의 사이에 깊은 단층이 있는 것을 확실히 알았다. 나는 그들을 증오하는 것도 인정해야만 한다. 아마 그들도 내가 그런 조치를 취하는 것에 증오를 느끼고 있을 것이다.

"대장님. 그것은 안됩니다. 대장님께서 마지막까지 지휘를 맡아 주시지 않으면…."

분대의 병조장(舊 해군의 준사관—역자주)이 먼저 입을 열었다. 그리고 나는 계속해서 그런 항의를 받았다. 내 머리속에 검은 박쥐가 무수히 날아다닌다.

"무슨 말인가. 이 대오는 그럴 필요가 없다. 육전대는 기지대장이 있으면 되고 나머지 3개 함대는 선임장교가 지휘를 맡으면 충분하다. 선임장교, 부탁하네. 어차피 언젠가는 떨어질 출동명령이다. 아무튼 선봉은 내가 맡는다."

나는 자신의 말투에 역설적인 비아냥 같은 것이 섞여 있는 게 조금 언짢았다. 비장한 각오로 임할 만한 것이 아무것도 없지 않은가. 다만 나의 변덕스런 마음으로 나와 운명을 함께하지 않으면 안되는 제1함대 열두 명의 자살정 승무원에 대해서 품었던 죄의식을 지울 수가 없다. 무조건 잘해 줘도 됐을 텐데 하는 후회가 고개를 들었다.

마침 그때, 전령이 숨을 헐떡이며 새로운 전갈을 갖고 왔다.

"사령부에서 조금 전의 발령을 정정한다는 전갈이 왔습니다."

"뭐라고?" 나는 수신지를 보았다. 그것은 발령된 특공전법의 정정이었다. 즉, 1개 함대만이 아니라 전함대 출동 준비를 하라는 것이다.

나는 왠지 휴우 하는 안도의 한숨이 나왔다.

"아, 전함대의 출동이다. 이제 문제는 없다. 모두 함께 나가는 것이다."

나는 시험당하고 있다는 것을 깊이 느꼈다.

계속 시험만 당하고 있다. 그러나 그것도 이제 끝날 것이다. 자, 나는 죽음을 맞으러 갈 채비를 해야 한다.

본부 아래 광장에는 대원들이 하나 둘씩 몰려들었다. 뭔가를 질타하는 소리, 번호를 부르는 소리, 바쁜 걸음으로 오가는 병사들의 발소리, 금속성의 날카로운 소리와 둔탁한 소리. 그러한 소리들이 압박해 오는 밤기운을 밀어내면서 어딘지 모르게 입에 하무(군중에서 군사들이 떠드는 것을 막기 위해 입에 물리던 가는 나무 막대기—역자주)를 물고 혀를 차는 듯한 삼엄한 분위기로 후미 양안에 파문을 퍼뜨렸다.

달이 산 위로 떠올랐다.

나는 방 안에서 죽음을 맞이할 채비를 했다. 드디어 자살정에 승선하기 위한 복장이 되었다. 이 단 한 번의 순간을 위해 항상 연습에 임하고 있었던 것이다. 평소의 약식 복장 위에 비행복을 입었다. 나는 그때 소매와 바지에 손발이 잘 들어가지 않는 것을 얼마나 두려워했던지. 하지만 다 입을 수 있었다. 다만 나도 모르게 마음이 안으로 향하는 저 뼈에 사무치도록 자신의 체취를 느끼는 기분 속에서 이제 이 옷도 벗을 일은 없을 것이라는 외톨이가 된 적막감을 느꼈다. 이 신세의 처량함. N. 지금의 나는 N이 머리를 풀어헤치고 광란하는 모습밖에 상상할 수 없다. 왠지 발광하는 N의 모습밖에 떠오르지 않는다. 그러나 아마도 전화(戰火)의 희생물이 되어 목숨을 잃을 수도 있을 것이다. 차라리 나는 N이 죽는 쪽이 나을 거라고 생각했다. 그러나 한편으로는 잡초처럼 끈질기게 살아 있기를 바랐다. 후세와의 유일한 가교처럼 여겼기 때문에. 그러고 나서 비행모를 쓰고 쌍안경을 목에 걸었다. 힘이 손발에서부터 쭉 빠지고 저리듯이 가라앉는 자신의 육체를 느끼면서도 점차 평소와 같은 정상적인 기분을 되찾는 것이 기뻤다. 누구를 위해 기쁜 것인지는 모르지만. 휴대식량과 해도(海圖), 칼, 자살용 수류탄 등은 지휘정인 내 자살정에 싣고 나와 운명을 같이하게 될 젊은 특공병인 S하사관이 함께 타게 되었다. 그는 자신의 출전 준비와 함께 내 신변의 일도 거들어야 한다. 그것은 참으로 엄청나게 바쁘고, 게다가 종속적인 인간관계 속에서 그는 최후의 육상에서의 짧은 시간을 보내야만 한다. 나는 항상 그를 바라보고 있었을 뿐이다. 나는 최후의 공격전에 그를 바다 속에 떨어뜨려 줄까도 생각했지만, 그때가 되면 사태가 어떻게 될지는 확신이 없었다. 그것은 함대장 배에 한정되긴 했지만, 하나의 자살정에 두 명이나 타는 것은 최후의 순간에는 무모한 난센스라고 생각했다.

S하사관이 내 방에 들어왔다. 눈알을 굴리며 약간 뒤틀린 태도가 평소와 조금도 다를 바 없다. 그것은 나에게 다소 힘을 주었다. 비극을 과장해서는 안된다.

나는 본부 밖으로 나왔다. 그리고 달을 쳐다보았다. 뭐라고 말할 수 없는 인간사의 옹색스러움. 많은 구속의 고리로 칭칭 얽매여 오늘밤 기묘한 일을 수행하려 하고 있는 자신에게 달을 바라볼 자유는 남아 있었다. 똑같은 달 아래에는 적도 있고, 또 전쟁을 하지 않는 땅도 있다. N도 그 밑에 있고, 내 지금의 환경을 그녀는 알지 못한다. 낮에 있었던 어이없는 이별을 불만스럽게 생각하고 있을 것이다. 달은 은막을 씌운 것처럼 위치가 일정하지 않고 약간 떨리는 것처럼 보였다. 그것은 다시 N의 몸이 떨리던 순간의 경험을 환기시켰다. 그러나 나는 N에 관해서는 눈꼽만큼의 후회도 느끼지 않는다. 나는 두툼한 윗도리 안주머니를 눌러 보았다. 거기에는 N에게서 온 편지가 꼭꼭 접혀 들어 있었다.

"대장님, 전원 집합했습니다."

당직장교가 보고해 왔다.

나는 본부 앞의 비탈길을 내려가 바닷가 바로 옆의 광장으로 갔다.

밤눈에도 많은 대원들이 대오정렬을 하고 있는 모습이 보였다.

나는 감자밭이 있는 고지대로 올라갔다.

나는 어떤 표현을 해야만 하는가.

약간 광신적인 고성을 지르는 것이 이 경우의 사람들에게 심리적인 효과를 미치는 게 아닐까.

그 효과를 생각하지 않고 자신의 성격에 맞는 어조로 끝까지 밀고 나가는 것은 어쩌면 탄력성도 없고 인간의 감정을 너무 무시한 처사가 아닐까.

그러나 나는 광신적인 소리를 지르는 것을 혐오한다. 전혀 아무것도 아닌 것이다.

특공전 명령이 떨어졌다. 마침내 발진 명령이 내려지기까지 우리는 각 대오의 분담에 따라 동굴에서 함정을 꺼내서 정비해야만 한다. 엔진을 점검하고 정비를 마치면 머리 부분의 폭약에 전선을 연결하여 신관을 삽입하라. 하지만 반드시 주의해야 할 것이 있다. 그것은 M부대 같은 사고의 발발을 충분히 경계해야만 한다. 부주의 때문에 M부대는 대장 이하 열 몇 명의 사망자를 낳았다. 이제 곧 출진을 앞둔 우리는 그런 사고를 다시 반복하고 싶지 않다. 함정 안의 습기 때문에 전로(電路)가 단락될 우려가 커서 접단기 스위치를 절대로 '접'으로 연결해서는 안된다. 시간은 충분히 있다. 아마 내일 아침 날이 밝기 전에 발진이 시작될 거라고 생각되므로 당황하지 말고 침착하게 확실히 정비를 하라. 정비가 끝난 함대는 곧바로 나한테 신고하라. 동작개시.

기지대원, 정비대원, 본부전신원, 위생원, 취사원, 그리고 4개 함대는 각 대오 선임하사관의 짧은 호령으로 야간의 후미 양안 곳곳에 흩어졌다. 6명의 '준사관 이상'도 각자 자기가 맡은 대오 쪽으로 흩어져 갔다.

나는 동굴 속에 마련된 당직실로 들어갔다. 동굴 속은 얼음창고처럼 오싹하게 내 몸을 감쌌다. 전투체제에 들어가 당직원은 전부 육상잔류대원으로 교체되었다. 평소에는 함대원이 당직실에서도 눈에 띄게 해군 관련 근무를 하고 있었는데.

우리는 점점 기지를 뒤로 하고 출진하지 않으면 안된다는 사실이 냉정하게 느껴졌다.

하지만 나로서는 이 순간에 이르러서도 좀더 확실한 정보를 알 필요가 있었다. 이대로 발진명령이 떨어져도 어디로 가야 하는지 모르고 있다.

나는 방비대 사령부에 전화를 걸었다. 그러나 사령부에서도 내가 저녁 무렵 초소탑 근처의 바닷가에서 받은 이상의 정보는 들어와 있지 않은 것 같았다.

나는 공허 속에 빠져 들었다. 그것은 내 시간 중 어떤 한 순간의 진공 상태의 방심이었을지도 모른다. 그런데 전투는 어떤 식으로 전개되는 것일까. 그 피비린내의 정도란 과연 어떤 것일까. 이제 곧 찾아올 아비규환의 세계를 나는 상상할 수가 없다.

그때 마침 자매부대인 제1돌격대 대장, 즉 연합돌격대 지휘관인 대위로부터 전화가 걸려왔다. 그는 대망의 순간이 마침내 찾아왔다는 것. 이 섬에 주둔한 이래 줄곧 축적해 온 훈련의 효과를 충분히 발휘해 달라는 것. 그 후 더 이상 진전된 정보는 없고 추가할 만한 사항도 없으니까 정비는 서두르지 말고 아주 신중하게 해 달라는 것. 그리고 준비는 잘 되어가는가 하는 것을 물어 왔다.

자매부대라고는 하지만, 해병 출신인데다 선임인 그 때문에 언제나 뒷전으로 밀려온 나의 고통과 쓰라림은 지울 수가 없다. 그의 확고한 태도는 직업군인답게 보였고, 나는 항상 아마추어 같았다. 하지만 이미 이곳에서 나의 병법과 그의 병법이 어떻게 다른 효과를 가져오는지는 대단한 관심사가 되었다.

나는 그의 전화 목소리를 들어 두었다.

이곳에서 그와의 1년 정도의 교제가 그의 평소 퉁명스런 목소리를 다시 듣고 싶어지게 했다. 이상하게도 그와 함께 술 마시며 놀던 것만이 생각났다. 그리고 둘이서 다시 한 번 해협 반대편 마을의 요리집에서 코가 삐뚤어지도록 술을 마시고 밤을 새는 일도 이제 할 수 없다는 생각에 나는 쓸쓸함마저 느꼈다.

나의 직속함대인 제1함대의 정비 상황을 살피기 위해 제1함대 소속의 동굴 앞으로 갔다.

달빛은 열기가 없는 광선을 후미 양안에 구석구석 내리쬐어 지상의 모든 것들의 모습에 음영을 부여해 주었다.

그 달빛을 받아 자살정 승무원들이 정비대원과 기뢰병의 협력으로 이 달밤 아래 남해의 끝을 항해할 자신의 함정을 닦고 있었다.

베니어판 선체에 뭔가 부딪히는 둔탁한 소리와 시운전 엔진의 낮은 떨림, 공기를 할퀴는 공전(空轉)의 음향이 양안 여기저기서 습한 밤공기 속에 퍼져 침잠해 갔다.

언뜻 보기에는 누구나 아무 생각 없이 바로 눈앞의 일에 잘 따르는 것처럼 보였다.

달빛으로 나는 그들의 젊은 옆모습과 몸짓을 아무리 봐도 그들이 지금 어떤 기분으로 있는지 알 수는 없다.

우리들의 자살정에는 비행기 같은 고속력이 부여되어 있지 않고, 게다가 나뭇잎처럼 하늘거리는 끝없는 밤바다를 편대를 짜서 어두운 돌격장으로 출진하는 것은 참으로 잔혹하다는 생각이 들었다.

우리들은 차라리 마비되기를 바랐다. 그러나 최후의 그 순간이 서서히 찾아온다는 자살정이 놓인 조건 때문에 우리는 맨정신으로 그곳에 다가가지 않으면 안되었다.

다시 당직실로 돌아오려고 후미 한 쪽을 돌았을 때 제4함대의 동굴에서 매우 건조한 절망에 가까운 맹렬한 음향이 돌발했다.

나는 허리를 구부리고 무심코 절벽 끝 쪽으로 피할 자세를 취했다. 틀림없이 적기(敵機)의 기습이라고 생각했다. 적은 오늘밤 우리들의 행동을 탐지하고 엔진 음향을 끄고 접근하여 강렬한 폭약을 장치한 48척이나 되는 자살정이 점재해 있는 후미에 몇 개의 폭탄을 투하하기만 하면 후미 전체에 유폭(誘爆 : 어떤 외적 조건이 실마리가 되어 연쇄폭발을 일으킴—역자주)을 발생시켜 일순간에 파멸된다는 것을 알고 있었던 것일까.

그 단서가 지금 출현했다고 생각했다.

자, 이제 곧 이 후미는 무참함의 극치에 달할 것이다. 나는 무엇을 해야 하는가. 나는 시험당하고 있다. 달콤한 영웅적인 생각을 품고 있던 나의 내장에 말뚝을 힘껏 찔러 넣었다. 다음 자세는? 뭔가 명령하지 않으면 안된다. 내 머리는 소용돌이를 일으키고, 다음 순간의 사태 변화를 기다렸다.

하지만 아무 일도 연이어서 일어나지는 않았다. 다만 4함대 동굴 방향에 뭉게뭉게 연막이 피어 올라 강한 연초 냄새가 코를 찔렀다.

"4함대." 나는 크게 소리를 질렀다.

"4함대. 방금 난 소리는 뭔가?"

4함대에서는 대답이 없었다. 나는 자신의 소리가 신경질적으로 물 위로 퍼져 나가 여운을 남기고 있는 것을 별 느낌

없이 들었다.

"전령."

"예."

전령이 뛰어왔다.

두세 명이 4함대 쪽으로 바쁘게 뛰어가려고 했다.

"기다려. 가지 마."

나는 M대장이 사고 현장으로 달려가 유폭(誘爆)에 맞아 죽었다는 것이 금방 머리에 떠올랐다.

"4함대."

나는 또 큰 소리로 불렀다. 내 소리만이 높게 밤공기 속에 꽂혔다.

4함대 쪽에서 사람들이 왁자지껄 크게 떠들며 웅성거리는 소리가 들려 온다. 그래서 나는 조금은 안심했다. 전멸한 것은 아닐 것이다.

나는 또 4함대를 불렀다. 그러자 나의 그 외침에는 간격을 둔 어조로, 4함대 L소위 후보생의 목소리가 당황한 음성으로, 그러나 내 귀에는 멀리 떨어져 들려 왔다.

"방금 난 소리는 머리 부분의 폭탄…"

"전령" 나는 전령을 돌아보며 말했다.

"당장 4함대장에게 연락을 취해서 인원에 이상이 있음을 알려라."

전령은 밤 속으로 달려갔다.

기지대장과 정비대장도 현장에 나가 있을 것이다.

나는 혀를 찼다(이제 와서 무슨 일이란 말인가).

두근거리는 가슴을 억누르고 천천히 4함대 쪽으로 걸어가면서 나는 어떤 계산을 하고 있었다. 그것은 이러한 사고가 보통 때라면 내가 짊어질 책임은 매우 골치 아픈 것이다. 그러나 지금은 적의 함선에 직접 몸을 부딪치러 가려고 하는 참이다. 따라서 이 사고는 흔적도 없이 처리해 버릴 수 있다. 어깨의 짐을 내려놓는다는 것이다. 그런데 이 계산은 도대체 무얼 의미하는가. 그것은 논리가 없는 불명료한 맹점에 불과할 것이다. 하지만 나는 그 순간 그렇게 안심하고 있었다.

나에게 확고한 신념이 하나 있다면 그것은 빨리 발진 명령이 오기를 바라는 것이었다. 한시라도 빨리 가열한 전투장 속에 들어가 운명을 시험해 보고 싶다는 생각이 들었다. 나의 피는 끓어 올랐다. 아마 내 얼굴에도 무시무시한 잔혹미를 더했을 거라고 생각했다.

전령이 돌아왔다.

"대장님. 인원 이상 없습니다."

"뭐라고? 인원에 이상이 없다고?"

나는 안도의 한숨을 쉬었다. 그와 동시에 불가피한 기분에 휩싸였다. 머리 부분의 화약이 폭발했다는 것은 아마 병기의 접단기를 건드렸기 때문이다. 정신적으로 전도되어 있을 때이기 때문에 무심코 전로계통을 혼선해서 '접'으로 했을 것이다. 그래도 딱 한 번의 폭발로 막아낼 수 있었던 것은 어째서일까. 방금 있었던 폭발이 완전폭발이 아닌 것은 그 후의 다른 함정에 유폭을 발생시키지 않은 점에서 분명하지만, 그래도 인원에 조금도 피해를 미치지 않았다는 것이 나에게는 이해가 되지 않았다. 나는 현장을 보았다. 그러나 어디를 봐도 자살정 한 척의 머리 부분 선체가 약간 파손되었을 뿐이다.

그 사정은 곧 드러났다. 그것은 거의 기적에 가까운 일이었다. 나는 그 순간 미러클이라는 외국어 발음이 머리속에 자리를 차지하고 있었다. 다만 개연성이 매우 적다는 것이 가끔 그 경우에 해당된 것이지만.

매우 다행스럽게도 신관만 점화되고 전관에는 불이 붙지 않았다. 따라서 230kg이나 되는 강렬한 폭약은 단지 주위에 흩어지고 끝나 버렸다. 그것은 상상만 해도 소름이 돋았다. 만약 전관에 점화되었다면, 아니 그보다도 신관만 폭발하고 전관이나 폭약에 점화되지 않는다는 것은 거의 생각할 수 없는 일이지만, 만약 완전폭발했을 경우는 그 근접한 곳에 놓인 정비중인 다른 자살정은 대단한 기세로 유폭하여 그것은 또 다른 함대의 함정에도 영향을 미쳐 출격 직전에서 이 후미의 기밀병기부대는 스스로 전멸해 버렸을 것이다.

사고를 일으켰다는 기뢰(機雷)의 하사관은, 기지대장으로부터 상세하게 취조를 받아 그 결과가 나에게 보고되었다.

그 하사관의 주장은 갈피를 잡을 수 없게 횡설수설했지만 이상하게 끈질긴 논리로써 그의 과실이 아니라는 것을 강하게 주장했다고 한다. 어쩐지 꺼림칙하게도, 평소에 성실한 근무태도를 보였던 그 하사관만 그렇게 집요하게 주장했다. 눈동자가 초점을 잃고 엉뚱한 쪽을 응시하기 때문에 여기서 더 이상의 추궁은 불필요하기도 하고 본인에게도 좋은 결과를 가져오지 못할 것이다. 현재의 환경이 이상한 만큼 그를 혼자 방치할 수 없고 누군가 사람을 정하여 그의 행동을 주시하도록 하는 것으로 그 사건은 흐지부지되고 말았다.

마침내 각 함대 모두 정비가 완료되었다는 것을 보고해 왔다.

달도 중천에 떴다.

이제 발진 명령이 떨어지기만을 기다릴 뿐이다.

이상하게도 이 세상에 대한 집착을 상실해 버렸다. 단지 일각 일각이 앞으로 연장되어 있다는 것이 초조함의 원인이 되었다. 즉시대기라는 정신 상태를 지속하는 것은 고통이었다. 지금이 기회다. 지금이 딱 좋다. 지금이라면 편한 마음으로 나갈 수 있다.

그러나 명령은 오지 않는다.

일단 출격준비를 마친 뒤에는 할 일은 아무것도 없었다.

단지 명령을 기다리는 일뿐이다.

시간이 지나간다. 나른한 권태가 소리 없이 비집고 들어온다. 기분에 여유가 생긴다. 그러자 자신들이 놓인 환경이 이 세상과 어울리지 않는다는, 매우 기묘하다는 생각이 들었다.

완전히 일상적인 분위기의, 이상한 것이 아무것도 없는 후미의 밤 정적 속에서 죽음으로의 출발을 기다리고 있다. 정신과 육체를 마비시키는 것을 우리는 아무것도 향유하고 있지 않다. 그것을 견디게 하는 것은 저 2계급 특진이라는 명예 같은 것이었을까.

나는 또 사령부에 그 후의 정보를 요구한다. 그러나 부가할 만한 것은 아무것도 없다.

그래서 당직을 제외하고 전원을 우선 쉬게 하기로 했다. 그 복장 그대로 각자의 막사에서 충분히 수면을 취해라.

모두 자라. 목숨을 버리기 직전까지 꼭 잠을 자야 한다는 것이 불만스러웠다. 우리들에게 이 세상 최후의 하룻밤 정도는 수면의 의무에서 해방되어도 좋을 것 같지 않은가.

4함대장인 L후보생은 폭발사고에 대해 신비한 기분에 빠져 있는 것 같다. 그는 이 대오의 편성 당초부터 있었던 것은 아니다. 최근에 직접 찾아와서 이 대오에 지원해 왔다. 왜 그랬는지 나는 알 수 없다. 하지만 마침 함대장이 한 명 결원이 되어 있었기 때문에 기꺼이 오도록 했다. 그래서 모두가 낯설고 사고를 일으키기 쉬웠다. 그는 나와 마찬가지로 학도병이었다. 그 때문에 그와는 학생들이 흔히 쓰는 말투와 화제로 대화를 할 수도 있었다.

"대장님, 걱정을 끼쳐 드려서 정말 죄송합니다."

그는 그렇게 말했다. "하지만 기적입니다. 왜 신관만 폭발하고 나머지는 무사할 수 있었을까요?"

"아슬아슬하게 한 발 먼저 가 버리는 거 아니었나?"

"저는 운명에 축복받았다는 생각이 듭니다. 분명히 멋진 전과를 올릴 겁니다."

"아무튼 충분히 수면을 취해 둬. 아니, 자네 눈썹은 어떻게 된 거야?"

나는 그의 얼굴 표정이 평소와 달라 보였던 것이 납득이 가지 않았지만, 문득 그 원인을 발견하고 그렇게 말하자 그는 즉시 비행모를 눈 아래까지 깊숙이 눌러 썼다.

"부끄럽습니다. 지난번 사고 때 탔습니다."

그는 거짓말을 한 것처럼 몹시 당황해 하며 나에게 딱딱하고 어색한 경례를 하고 자신의 함대로 돌아갔다.

나는 동굴 안의 당직실에서 버티기로 했다. 동굴 안의 조용히 가라앉은 습기찬 공기로 귀는 막히고, 아마 철야를 해야 한다는 생각을 하니 이대로 푹 잠들어 버리고 싶은 충동에 강하게 이끌렸다.

그러나 내가 잠들 수는 없다.

밤이 깊어짐에 따라 머리속이 아파 왔다. 나는 아무것도 생각하지 않고 사령부로부터의 전화를 기다리고 있었다.

그리고 초저녁 무렵의 약간 흥분해서 조금은 과장되었을 자신의 행동이 조악한 작품처럼 거칠고 세련되지 못한 것이라는 생각이 들었다. 흥분해서 새된 쇳소리만이 추상(抽象)되어 나의 머리속에서 여운을 간직하고 있었다. 그럼에도 불구하고 모든 것이 오래된 옛날 일처럼 멀리 잊혀져 가고 있었다.

특공전 발동 명령을 받은 후의 전원집합과 제4함대의 폭발사고 등이 선명한 회화적인 인상을 나에게 남기지 않고 어두운 그림자를 드리우고, 직접 눈으로 확인할 수 없는 음악적인 충격으로 내 경험 속에 생생한 인상을 남기고 있었다. 또 그것은 아무리 봐도 볼품없는 모양새로 내 경험 속에

각인되어 있었다.

 내 힘이 미치지 않은 모든 가능성의 인자가 날벌레처럼 날개를 달고 짓궂은 장난을 하러 내 머리속으로 날아 온다. 그것이 이제 멀고 먼 옛일처럼 여겨지기 시작했다.

 그러한 일들과 지금의 나 사이에는 몇날 며칠의 시간이 지났는지 모른다. 어느 시대 어느 날 저녁 무렵에 나는 그렇게 출발해서 남해의 끝에서 죽어 버린 것이었다. 그리고 지금의 나는 다른 시대의 어느 날에 철야를 하고 있고, 언젠가 이런 일이 있었던 것 같다고 회상하고 있는 게 아닌가. 나는 그런 실없는 상상의 포로가 되기도 했다.

 동굴 안의 공기가 고막을 압박하고, 밤은 깊어 시간은 계속 흘러갔다.

 그리고 그것은 점차 아침의 영지로 다가오고 있었다.

 날이 새면 제공권이 완전히 상대방측에 있는 현재의 상황 하에서 우리들의 해상행동이 무모하다는 것은 말할 나위도 없다. 그렇다면 날이 새고 나서의 행동은 자연히 제약을 받게 된다. 행동을 개시한다면 지금 이 시간인데.

 사령부는 뭘 생각하고 있는 것일까.

 이 섬 주변에서 해군 사령부 관할하에 있는 감시 탐지 능력은 나도 알고 있었다. 또한 아군의 비행기가 어느 정도의 정찰을 할 수 있었을까. 그러자 이번의 특공전 발령의 정체는 뭔가 이상하게 어린애 눈속임 같은 인자에 원인이 있는 게 아닐까. 나는 지나치게 명령을 곧이곧대로 받아들여 정화시키고 있었던 것은 아닐까.

내 마음속에 약간 금이 가기 시작한다.

이제 자신의 정신을 평소대로의 아무 일도 일어나지 않는 평안한 체제로 바꾸어도 좋지 않은가 하는 기분이 곰팡이처럼 피기 시작했다.

결국 이번 특공전 발동 명령이 공수표가 될 것 같다는 예감이 들기 시작했다.

나는 지금 이 순간에 한 가지 걱정을 처리해야겠다고 생각했다.

N이 초소탑 밖의 외딴집 근처에 와 있다는 소식을 들어 알고 있었다.

그것은 제4함대의 사고가 있던 직후의 일이다. 공무로 항상 마을에 나갈 일이 많은 회계병이 나에게 편지 한 통을 건네주었다.

나는 그것이 누구로부터의 편지인지를 금방 알아챘다.

그러나 그 회계병은 무엇 때문에 마을에 나간 것일까.

"누가 마을에 보냈나?"

내가 그렇게 묻자 그는 두려워하는 듯한 눈빛이었다.

"분대장이 갔다 오라고 해서…."

"분대장이 N이 있는 곳에도 가라고 했나?"

"예, 저…."

"좋아, 알았어."

"외딴집 있는 데 와 계실 것 같아서."

"알았다. 그런 일에 신경 쓰지 마. 자네는 자네 병사로 돌아가 쉬게."

나는 동요하고 있었다.

남의 일에 쓸데없는 참견이다. 나는 분대장이 한 짓 같다고 혐오했다.

종양의 원인은 내가 이웃 마을에 정부를 두었다는 것. 그것이 터져 고름이 흐르고 있다. 분대장은 왜 마을에 회계병을 급파시키는 조치를 취한 것일까. 목적은 다른 데 있다. 나는 이용당하고 있다. 인간사의 집착으로 숨막히게 후덥지근한 것을 나는 혐오하고 있다. 나를 비난하고 있는 눈. 나에게 동정하고 있는 눈. 그리고 나의 그런 일을 전혀 알지 못하는 눈. 나는 심판받아야만 한다. 그리고 그것에 대해서는 설명은 없다. 나는 평소와 똑같은 상태에서 비틀리고 잡아당겨져 남해의 끝에서 몸을 찢기고 싶었다. 어떤 변명도 애도도 필요없다.

그러나 N의 항아리 속에서의 슬픔을 포기할 결심은 서지 않았다(이 얼마나 바보 같은 일인가).

그것은 누구를 향한 분노인지 나 자신도 모른다.

"부대 안을 돌아보고 오겠다. 사령부에서 명령이 있으면 초소탑 쪽에 큰 소리로 불러."

나는 당직병에게 그렇게 말하고 가끔 그랬던 것처럼 심야의 달이 기운 파란 물가를 따라 잰걸음으로 초소탑 쪽으로 걸어갔다.

당직실을 떠난 것은 내 마음을 불안하게 했다. 배치를 이탈하는 데 따른 불안. 그리고 행선지에는 여자가 기다리고 있다고 한다. 그 단층을 나는 종종걸음으로 향하면서 그것을 무마시키는 방법을 생각하고 있던 것이었을까.

초병이 내 모습을 보고 총을 들어 경례했다.

"나는 해협의 상황을 살피고 오겠다. 당직실에서 연락이 있으면 큰 소리로 외쳐라."

나는 초병에게 그렇게 말해 버리고, 바닷가를 달렸다.

벌써 도착한 것인지 사람이 새까만 어둠 속에서 모래 위에 웅크리고 있는 것을 느꼈다.

나는 그것이 N이라는 것을 알았기 때문에 걸음을 멈추고 천천히 다가갔다.

N은 앉은 채로 나를 올려다보았고 나는 그 자리에 선 채로 눈물에 젖은 N의 얼굴과 심하게 경련을 일으키는 입술을 보았다.

나의 마음은 냉정하게도 그곳에는 없었다. 지금은 N의 체취가 너무 간절하지만, 당직실을 비우고 왔다는 이유로 나는 불안했다. 지금 당장이라도 초병이 부르지는 않을까. 발진 명령이 떨어지지는 않을까.

"바보같이. 누가 윽박지르기라도 했어?"

N은 담배의 니코틴 같은 가죽 냄새가 나는 비행복의 아랫도리 쪽을 아무 생각 없이 자신의 손바닥으로 여러 번 만져 보았다. 그리고 내 신발에 그녀의 볼을 갖다 대려고 했다.

"연습을 하는 거야. 걱정할 것 없어. 돌아가, 돌아가서 자."

N은 내 얼굴을 올려다보고 천천히 고개를 좌우로 흔들었다. 그것은 내가 자기를 편안하게 해 주려고 아무리 거짓말을 해도 알고 있다는 것처럼 보였다. 그리고 조용히 내 몸을 만졌다. 나는 자신이 어쩌면 유령이 아닌가 하고 생각할 만큼 이미 이 세상에서 없어져 버린 것을 추모하고 있는 분위기가 N의 모습에 나타나 있었다.

나는 N을 양손으로 안아 일으켜 세웠지만, N의 몸에서는 힘이 빠져 있어 나는 휘청거렸다. 얼굴은 희읍스름하고 짙은 눈에 화장을 하고 있었다. 그 화장 탓으로 백합 냄새 비슷한 향기가 내 코를 찔렀다. 잔무늬가 있는 거무스름한 옷을 앞가슴을 꽉 여미고 밑에는 바지를 입고 있었다.

"됐지? 이건 연습이니까. 걱정할 일이 아니야. 날이 밝으면 곧 사람을 보낼게. 이런 데 있지 말고 당장 돌아가"

나는 N의 몸을 흔들어 달래면서 그렇게 말했다.

N은 도저히 참을 수 없다는 듯이 오열이 복받쳐 올라와 "으…" 하고 넘치는 눈물을 흘렸다.

"자, 이제 그만 돌아가. 걱정할 것 없어. 날이 새면 곧 연락할 테니까. 나는 지금은 바빠. 잠시도 대오를 떠날 수 없어. 됐지? 돌아가. 날이 밝으면 연락할게."

나는 그런 말을 반복하며 그대로 서서 떨고 있는 N을 놔두고 부대 쪽으로 뒷걸음질쳤다.

나는 N이 전투에는 쓸모가 없어진 나의 단검을 흰 보자기에 싸서 갖고 있는 것을 눈치챘다.

N은 그곳에서 돌이 되어 버리는 건 아닐까.

눈동자가 눈물로 부풀어 있다.

나는 등을 돌려 잔달음질로 부대 안으로 돌아왔다.

(나는 어떻게 할 수도 없다)

이유도 없이 그냥 슬펐다.

자신의 볼에 백합 향기가 엷게 남아 있는 것도 무슨 의미가 있단 말인가.

8월 14일 새벽녘, 후미가 하얗게 밝아올 무렵까지 나는 당직실 동굴 안에서 머릿속은 진공처럼 차갑게 얼어붙고 생각하는 것은 아무것도 없이 필름이 끊겨 반대로 돌아가는 착각 속에서 바닷새 울음 소리와 새벽을 알리는 까치 소리를 들었다.

마침내 밤의 장막이 완전히 걷히자 후미의 표면은 해수의 증발로 갈대의 싹처럼 보풀이 일고 한 면에 온통 환한 햇빛이 비쳐 아직은 약한 그 아침 햇살에 부화되어 천천히 흔들리고 있는 것이 보였다.

조금씩 공기가 움직이면서 꽉 찼던 밤의 무거운 공기가 미풍이 되어 안개처럼 사라져 갔다. 나는 악몽을 꾼 것일까.

나는 새벽녘의 상쾌함 속에서 몸의 구석구석이 완전히 자유로워져 편안함을 느끼면서 충실한 육체가 오늘도 아직 자신의 것이었다는 사실에 온몸이 저릴 정도의 안도 속에 잠겨 있는 것을 느꼈다.

아마 햇빛이 있는 동안은 우리들의 행동은 우선 연기될 것이다.

그리고 아침은 아무 일도 없이 찾아오고, 그 신선한 느낌은 마침내 태양이 뜨면서 동시에 나른한 한낮의 반복 속으로 들어갔다.

아무 일도 일어나지 않은 것이다.

사령부에서 전화가 걸려 왔다.

신관을 장비한 즉시대기인 상태로 제1경계에 대비하라.

가령 운명은 오늘 하루 연기되었다 하더라도 어젯밤에 발진했다면 이제 하지 않아도 되는 것을 우리들은 해야만 할 것이다.

낮에는 자살정을 동굴 속에 숨겨 놓아야 한다. 제4함대의 폭발사고 처리를 어떻게 한 것인가. 후미 안쪽에 있는 마을에서 대원의 위문신청이 와 있었는데 혹시 그것을 받은 것일까, 무슨 일일까. 또 수면을 취해 둬야만 한다. 적기는 오늘도 역시 찾아오지 않는 것일까. 그렇다, N에게 편지를 쓴다는 약속을 하고 있었다. 목욕이나 할까. 수염도 깎아 둘까.

그런데 이 허탈한 공허감의 정체는 과연 무엇일까.

신호병이 나팔을 목에 걸고 아침안개가 피어 오르는 물가 쪽으로 내려갔다. 당직실에서 그에게 시간의 도래를 신호하자 그는 아침의 조용한 공기를 가르고 기상나팔을 불었다. 그러자 전령이 메가폰으로 후미의 해변을 소리치며 돌았다.

전원 기상!

전원 기상!

출발은 결국 찾아오지 않았다

 만약 출발하지 않는다면 그날도 여느 날과 다르지 않을 것이다. 1년 반 동안 죽음에 대한 준비를 한 끝에, 8월 13일 저녁 무렵 방비대 사령관으로부터 특공전 발동 신호를 받고 결국 최후의 날이 도래했다는 통고를 받았다. 이미 나는 몸도 마음도 죽을 각오를 하고 죽음의 복장을 하고 있었지만, 발진 신호가 걸려오지 않은 채 제자리걸음을 하고 있었기 때문에 거의 코앞에 닥쳐온 죽음은 갑자기 그 걸음을 멈추었다.

 경험이 없기 때문에 그 어떤 형태도 상상할 수 없는 싸움이 멀리서 나를 포위하고 시험하기 시작한다. 아무리 작은 사건이라도 일어나지 않으면 그것은 자기 것이 될 수 없고, 언제까지나 미지의 영역에 남아 있게 마련이다. 이번이야말로 확실하다고 생각된 죽음이 드디어 눈앞에 다가온 것 같았는데 지금 그 무자비한 살과 피의 산란(散亂) 속에 휘말려

들지 않는 것은 이상한 적막감까지 수반했다. 하지만 그 기회를 내 것으로 만드는 중대한 계기가 적의 지휘자의 갈팡질팡하는 조타(操舵)와 아군 사령관의 혼미한 판단에 달려 있을지도 모른다는 것은 정체모를 공허 속으로 나를 유도한다. 그것이 좀더 거역하기 힘든 대상으로부터의 것이 아니라는 것이 불안하다. 아직 보이지 않는 죽음을 향해 있던 냉엄한 긴장 대신에 얼버무려진 불만과 불면 뒤의 권태가 나를 사로잡았다.

방공호 입구에 설치된 당직실에서는 당직 대원이 근무를 하고 있었지만, 근무하는 동안 그들은 자신에게 다가오는 죽음에 대해 어느 정도 생각할 수 있을까. 그것을 지나치게 염두에 두고 있는 것은 나 자신뿐이라는 생각을 떨쳐 버릴 수가 없다. 그래도 다행히 52명의 특공병을 다음날 새벽녘에나마 잠자리에 들게 했던 것이 나의 마음을 한결 달래 주었다. 나 자신은 몸을 움직이지 않고 호령만 하고 죽음의 상황을 망상할 수 있었지만, 특공병들은 출동을 할 수 있도록 1인승 함정을 정비하는 데 전념했다. 또 그들은 내 함정의 키를 조종하는 병사와 함께 두 명이 타는 배와 그 자신의 출전준비를 갖춘 후에 내 신변의 일까지 신경 쓰지 않으면 안 된다. 죽음을 향하는 출격행에 어린 아이의 소풍처럼 탑승제복을 입고 버튼과 밴드를 각각의 위치에 고정시키고, 만약의 사고로 전열을 벗어나거나 또는 죽음을 수행하지 못한 경우에만 사용하는 수류탄을 허리에 차고 언제 먹을 생각인지 휴대식량과 물통을 목에 걸고 출발을 기다리던 하룻밤의 시간의 추이가 이해할 수 없는 이상함을 동반하고 멀어져 갔다.

특공병 출발 후 기지에 남아 육전대가 되는 자들만이 당직을 섰기 때문에 나는 그들에게 포위되었다고 생각했다. 그들도 내 지휘권 아래 있는데 특공병이 더 부하 같다는 생각이 드는 것이 이상하다. 나중에 육전대가 될 자들만 모아 놓은 속에 있으니 갑자기 신통력을 빼앗긴 환경 속에 한 명을 두고 온 것 같다. 특공병이 보여 주는 준엄한 동작이 없고 단지 집보기를 부탁받은 낯선 이웃 사람으로 보인다. 똑같은 대원이지만 어느 순간에 다른 캡슐로 분산되어 버리는 그 이음새의 접착점이 그곳에 희미하게 숨겨져 있다. 출발의 기회를 놓친 특공병은 지금 완전히 잠에 빠져 있을 테니 그 잠을 방해하지 않도록 좁은 후미 양안에 걸쳐 설치된 부대 전체가 발소리를 죽이며 업무를 계속 추진하고, 태양은 확실히 높은 곳에 떠오르는 이 새로운 날을 나는 이해할 수 없다.

계속 반복되며 지나온 날은 하나의 목적을 위해 준비되고 살아 돌아오는 것은 생각할 수조차 없는 돌격이 그 최후의 목적으로 부여되어 있었다. 그것이 피할 수 없는 운명이라 생각하고 그것에 맞추어 하루하루를 지탱해 가고 있었지만, 그래도 마음속으로는 그 수행의 날이 갈라진 바다 벽처럼 눈앞을 가로막아 가까운 날에 그 바다 밑으로 삼켜져 무시무시한 허무 속에 휘말릴 것이라는 상상을 하루도 빼놓지 않고 했다. 그래도 지금 나를 둘러싼 모든 것의 운행은 갑자기 그 움직임을 멈추어 버린 것처럼 보인다. 눈에 보이지 않는 것들이 복수(復讐)의 얼굴로 그것은 나를 기묘한 정체 속으로 떠밀었다. 칭칭 휘감긴 용수철이 풀리지 않고 목적을 상실하고 내팽개쳐지면 멍든 권태가 온몸에 퍼져 어디에도 쏟을 곳 없는 불만이 몸 속을 휘젓고 다닌다. 모순된 초조임에 틀림없지만, 몸은 죽음에 다다르는 노정에서 잠시 일탈한 것을 기뻐하고 있는데, 마음은 온통 채워지지 않는 생각뿐이다. 목적의 완수가 우선 연기되고, 발진과 즉시대기 사이에는 무한한 거리가 가로놓여 두 개의 얼굴 표정은 조금도 닮지 않았다.

가차없이 태양이 다시 뜨면 이제 그것을 되돌릴 수는 없고, 아무것도 수행하지 못하고 밤을 새웠다는 후회와 반성 때문에 몸에 가득 찬 난폭한 기분으로 치닫는 것을 막을 길이 없다. 그래도 폭발시키는 것이 주저되어 속으로 억누르면 스르르 잠이 왔다. 우리들은 발진하지 않으면 달리 용도가 없는 일개 대원에 불과하다. 일상은 사소한 행동의 묶음이 되어 바짝 다가와 조금이라도 등한시하는 것은 허락되지 않지만, 그 어느 하나도 어젯밤부터 오늘 아침은 여분의 부록이라고밖에 생각할 수 없는 무의미한 공제(控除)이기 때문에 생과 사의 구획점이 너무 부풀어 올라 내 죽음의 완결은 아름다움을 상실한다. 그러나 이쪽의 생에 남겨져 있다는 사실을 다시 고칠 수는 없고, 이미 퇴색된 낡아빠진 일상을 반복해야만 한다. 확실히 손에 잡히지 않는 꽤씸함이 마음속 깊이 맺혀 있지만, 모두 자신에게 되돌아온다.

내가 할 수 있는 것은 사령관이 있는 S의 방비대 경비반에 적의 상황을 확인해 보는 것이지만, 그때마다 받는 답신은 더 이상 진전을 보이지 않는 교착 상태다. 죽음을 향해 출발하기 위해 준비시킨 전날 밤 명령의 긴박감은 빛바래고 나의 고지식한 요구는 대출금 재촉 같은 울림을 갖기 시작하여 분전하는 자신이 어쩐지 따돌림당한 느낌이다. 뭔가 질이 다른 공기가 흐르고 이미 각오가 된 마음을 무장한 비늘이 벗겨지기 시작한다. 나는 졸려서 방공호 안으로 들어갔다. 대패질을 하지 않은 통나무와 판자 조각을 짜맞추어 누에 선반처럼 제멋대로 겹쳐진 침상은 습기가 심해서 이용하는 사람이 없었다. 호(壕) 안은 땅을 판 채로 가에 나무를 대고 있을 뿐이기 때문에 천정과 양쪽에서 물이 스며나와 희미한 소리를 내고 있었다. 물기를 머금은 무거운 모포를 두르고 탑승 복장인 채로 신발도 벗지 않고 딱딱한 침상에 누우니 뼈에 스며드는 습기가 느껴진다. 그것은 차가운 것이 아니라 관절에서 고질병을 일으켜 오줌이 나오지 않을 것 같은 기분이다. 그래도 땅 밑으로 침잠해 가는 깊은 고요함이 있고, 어디선가 들려 오는 물방울과 흙덩이가 무너져 내리는 소리를 들으면서 누워 있으니 지금 당장의 안락이 몸을 감싸 일상과 그 속의 모든 약속들을 다음으로 연기하고 잠 속으로 빠져 들어가는 즐거움을 느꼈다.

부족한 잠에서 깨어나려고 할 즈음, 심판받았을지도 모른다는 의혹 뒤에 자신의 몸이 움직일 수 없을 만큼 굳어 있다는 것을 알았지만, 정말로 몸을 가눌 수가 없다. 침상의 딱딱함과 호 안의 습기로 깁스를 한 것 같다. 잠시 그 굳은 몸을 그대로 두면서 꽁꽁 얼어붙은 시간을 보냈더니 점차 풀리어 몸을 움직일 수 있었다. 기분 나쁜 숙취가 찾아오는 것처럼 잠들기 전 어젯밤의 자신의 모습이 기억에 되살아나 혐오감이 가슴속에 퍼졌지만 그것을 계속 담아둘 수는 없다. 그때 몸에 붙은 습관에 따라 세워져 있는 자신의 위치를 확인하기 위해 그 기분을 떨쳐 버리고 정신을 집중시키려고 한다. 방공호 입구 쪽에서 눈부신 밖의 햇살이 안의 어둠에 비쳐 들어 사태는 잠에 빠지기까지의 순간과 변함이 없다는 것을 이해할 수 있었다. 전날에 이어지는 변함없는 하루가 아직 허용되고 있었다. 당직근무자의 소곤거리는 소리가 호 안의 습기로 뒤덮인 내 침상에까지 조용한 속삭임의 반향을 전달해 온다.

나는 상반신을 일으켜 자신이 처해 있는 상황의 앞뒤 사정이 아직 확실히 연결되지 않아 발을 뻗은 채로 멍하니 밖의 햇살을 보고 있으니 베일을 벗기듯이 사태의 대강이 확실히 떠올랐다. 나는 특공출격을 하려 하고 있었던 것이다. 뼈는 부서지고 살점은 떨어져 나가 피가 흘렀을 그 무참한 현장에는 나가지 않고 눅눅한 호 안에서 뻐근한 잠에 빠져 들었다. 따라서 나는 아직 영광을 자신의 것으로 만들지 않았다. 극복할 수 없는 거리가 심술궂게 거기에 가로놓인 것 같다. 나는 기분도 가라앉고 권태에 빠졌다. 모든 것이 모조품처럼 시시한 것 같다. 왜 적은 접근해 오지 않았는가. 시시각각 나를 시험하고 결과적으로 출격은 완료되지 못하고 다음으로 연기되었다. 그것은 우스꽝스런 일이다. 나는 애매한 표정으로 잠자는 동안 끓어오르게 하던 자신의 체취가 떠도는 습기찬 장소를 벗어나 밝은 태양빛이 직접 닿는 곳으로 나왔다.

미리 예정되었던 행동이 연기되자 일상의 모든 영위가 되살아난다. 내가 혐오하는 죽음이 발길을 돌려 멀어지고 피부 밑에서 꿈틀거리는 생의 근질거림이 발동하기 시작하여 전후(前後)의 약속으로 돌아가지 않으면 안된다는 것을 안다. 거대한 죽음에 직면한 바로 그 다음에도 잠은 나를 엄습하여 공복이 채워지기를 원하는 결핍의 표정을 숨기지 않고 방문해 온다. 이제 곧 죽는다는 이유로 수면과 식욕을 유예할 수 없는 것은 나를 허무 속으로 밀어넣는다. 그래도 몸속 깊숙한 곳에 희미하게 퍼져 있는 몽롱한 안개 같은 빛의 장막은 무엇일까. 생을 차갑게 에워싸고 꽉 막고 있던 결빙의 표면에 어디선가 해빙의 물결이 밀려온다. 그 해빙의 물결을 거스르면서 결국은 받아들이지 않으면 안되는 발진 호령을 기다리는 것은 초조한 기분을 불러일으켰다. 그 초조함 속에서 위험한 낭떠러지를 걸으며 길가 풀덤불의 양지쪽에 앉아 오후의 태양을 즐기고 싶다는 생각에서 헤어나오지 못하고 있었다. 무엇이 나를 그런 생각에 빠져 들게 하는지 모르겠다.

당직자는 평상시의 업무로 돌아가 있고, 그 속에 섞여 특공병의 얼굴도 볼 수 있었다. 아주 잠깐 졸았다고 생각했는데 해는 정오를 돌고 있었다. 특공병은 잠에서 깨어 이미 일상의 근무로 돌아갔다. 다가오는 나에게 그들은 어떤 감정도 보이지 않고 어젯밤 출격준비 때의 긴장에서 벗어난 표정을 하고 있었다. 기대하던 일을 미처 끝내지 못하고 그 다음에 어떤 일을 선택하면 좋을지 몰라 하는 표정이었다. 나는 공허에 빠져 드는 것처럼 좁고 긴 후미를 따라 설치된 부대 안을 고개를 숙이고 걸었다. 발 밑을 쳐다봐도 딱 떨어지는 무슨 묘안이 떠오르는 것은 아니다. 남도의 한여름 태양이 피복 위로 몸을 태우고 땀에 젖게 한다. 어제까지의 자신과 완전히 질이 변해 버린 부피가 없는 다른 인간이 걷고 있는 것 같다. 그것은 어두운 방공호의 습기찬 바닥에서 오랫동안 가만히 누워 있고 싶은 것에 연결되어 간다. 죽음에 다가가기 위해 준비했던 출발이 연기된 채 아무 일도 일어나지 않지만, 육체의 신진대사 기능을 거부할 수는 없다. 게다가 음식물을 꼭 섭취해야 한다는 것은 나를 수치로 내몰아 볼이 달아오르고 어두운 분노가 괴어 오는 것 같다. 다시 한 번 명령이 도착하면 함정 머리 부분의 폭약과 함께 적의 배에 부딪히는 것이 임무이기 때문에 다른 어떤 행동을 선택할 수도 없고 그 예정된, 하지만 상상할 수도 없는 뾰족하게 날이 선 어두운 심연의 냄새가 나는 미지의 코스로 나가야만 한다. 공포는 조금씩 확대되어 시원찮은 브레이크같이 불쾌한 단속적(斷續的)인 충격을 주면서 결국은 목적을 향해 갈 것을 강요한다. 즉시대기하에 있는 외관상의 휴식과 평안을 어떻게 믿을 수 있을까. 그래도 지금 그것이 분명히 우리들을 에워싸고 있다는 것을 의심할 수도 없다. 오늘은 아직 날이 완전히 새지 않은 사이에 한두 대 적기의 둔탁한 폭음을 들었을 뿐, 그때까지의 하루하루처럼 무수한 그것이 섬 주변 하늘에 연기도 뿜지 않고, 또 이 섬을 지나 본토 쪽으로 폭격하러 가는 편대기의 복합폭음도 시끄럽게 울리지 않는다. 대원들은 전투준비를 이미 오래 전에 끝내 버려 이제 할 일이 없어졌다. 요즘 들어 적의 비행기 외에는 아무것도 볼 수 없게 된 하늘 아래 육지와 해면에서는 특공병기의 함정을 띄워 드러내 놓고 훈련을 실시할 수 있는 것은 아니다. 만약 적기의 탑승원이 해상이나 해안가에 꿈틀거리는 작은 녹색 보트에서 갑자기 평화시의 보트경주를 연상하여 들뜬 기분에 개미 무리를 짓이겨 버리듯 우리를 공격하면 가령 그것이 임시변통적인 일격이라도 우리들의 함정 끝에 채워진 230kg의 작약(炸藥 : 폭탄이나 포탄 등 탄약의 외피를 파열시키기 위하여 장전하는 화약—역자주)은 결정적인 폭발을 일으킬 것이고, 만약 몇 척이 함께 유폭하여 그때 뱃짐이 풀어져 있으면 해안가 산의 모양은 달라져 버릴 것이다. 본토로부터의 보급로는 두절된 지 오래여서 병기도 용구도 보충될 전망은 없고 날마다 부식과 손상을 조금이라도 줄이려고 애쓸 뿐 그 밖의 것은 그저 보고 있을 수밖에 없었다. 게다가 그날그날의 과업을 반드시 완수해야 한다면 밭일에라도 충당될 수밖에 없다. 어두운 앞날에 예상되는 대원들의 음산한 식량 쟁탈을 다소 얼마라도 완화시키기 위해 고구마 심기에 힘써야만 한다. 앞으로 언제인지 모르지만, 특공병이 모두 출격해서 다 없어져 버린 후, 남은 기지대와 정비대 대원들은 밑이 든 고구마를 캐서 먹을 것이다. 오늘 적기가 나타나지 않는다고 해서 병기에 신관을 끼워 넣어 배를 바다에 띄우고 돌격해 들어가는 연습을 할 수도 없기 때문에 대원들은 역시 고구마밭의 흙을 주무르며 해안가에 흩어져 세운 막사를 위장하기 위한 소나무 베어 내기 작업에 동원될 것이다. 태양은 높이 빛나고 잠깐 동안의 휴식일지도 모르지만, 밭에 쭈그리고 앉아 동료들과 담소하면서 일하고 있는 대원들은 어젯밤부터 오늘에 걸쳐 죽음의 손바닥 위에 올랐는데 불합리하게도 유예를 부여받고 있는 모습이라고는 생각할 수 없다.

나의 몸에서는 염분이 다 떨어졌는지 남도의 한여름 직사광선을 받으면서도 해가 저물었나 하고 갑자기 주위를 돌아볼 정도다. 강한 태양광선은 그 속에 그림자를 머금고 시야의 네 구석에서 필름이 연소되어 그 중앙에 까만 그을음을 흘려 넣는다. 땅이 흔들릴 때의 공포처럼 그 순간이 지나고 나서 반응은 피부 밑의 근육의 힘을 뽑아 그것이 전신으로 퍼져 생활에 흥미를 잃어버리게 하고 만다. 출격의 그날을 두려움에 떨면서 빨리 오기를 바라고, 그것이 그 기대대로 확실히 찾아온 것인데 불발인 채로 계속 기다리고 있으니까. 모든 생의 영위가 지금의 나에게는 억겁이 되어 양팔에서 힘이 빠져 나가 체온은 차게 내려간 것 같다.

오후에도 태양은 빛나고 적의 비행기는 오지 않는다. 계속해서 하루도 빼놓지 않고 찾아오던 것이 오지 않는다는 것은 아무래도 이상하다. 어젯밤 특공정을 출격시키려고 했을 정도의 긴박한 상황은 어디로 간 것인가. 오늘 이렇게 조용한 시간이 지나고 있다는 것은 잘 이해가 되지 않는다. 귀에 익은 소리가 잡히지 않으면 귀는 그것을 만들어 내서 귓속은 귀울림과 비슷한 폭음으로 괴상한 교향악을 연주하고 있는 것 같다. 그래도 시야에 들어오는 한에서는 비행기 그림자는 보이지 않고, 또 환각이 아니라면 아무런 폭음도 확인할 수 없다. 싸움의 운행이 딱 정지된 순간부터 지금까지와는 다른 세계의 시작이 전개되고 있는 것인가. 정상적인 피부로는 받아들일 수 없는 공기의 결이 있어서 나는 조절에 힘들어 하는 것 같다. 아무튼 어디가 어떻다고 말할 수 없지만 뭔가 달라졌다. 어떤 책임에서도 모두 달아나고 싶다고 생각하지만, 새로운 세계의 질서를 확인할 방법도 없고 결심도 서지 않는다. 나의 초조함의 바깥쪽에서 예전 그대로의 세계는 무거운 표정으로 조금도 주춤하지 않고 움직이고 있으니까. 때때로 작업의 휴식시간을 알리는 신호병의 나팔과 당직자의 호령이 석고처럼 공기 속에 흘러 들어 금방 굳어 버린다.

떼지어 나는 새가 되어 날아가 버릴 듯한 자신의 마음을 그렇게 되지 않도록 조심하면서 해가 저물기를 기다렸다. 밤이 가까워지는 것은 오히려 위험에 다가가는 일일 것이다. 주위가 어두워지면 적의 배가 몰래 다가와 그것에 부딪히기 위해 출발해야 할 기회가 늘어난다. 어제와 다름없는 오늘이라는 상황이 기를 쓰고 이미 막이 오른 무대 뒤에서 마음을 졸이며 차례를 기다리는 기분으로 만들어 놓는다. 그러나 실패하지 않고 역할을 잘 수행하려고 하는 마음을 잃어버렸다. 한 번 신호가 떨어진 채로 기다리다 그 후 아무런 소식이 없는 것이 왠지 모르지만 약속을 깬 것은 상대방 쪽이라는 불만을 맺히게 했다. 신호가 있으면 단지 그곳으로 나가는 것뿐이다. 모멸을 당하고 뿌리뽑힘을 당했다는 생각이 들어 어떤 공포도 견뎌내며 거칠어질 대로 거칠어져 전법을 무시한 특공전을 할 수 있을 것 같다. 죽음은 두렵지만 그것이 자신의 것이 되지 않는 한은 자꾸 그쪽으로 빨려 들어가는 것을 멈출 수는 없다. 죽음을 머금은 밤이 이 한여름 태양의 직사광선 아래 그늘과 한랭을 나에게서 앗아가 내가 거기서 주역을 연기할 수 있는 극이 전개된다. 밤의 어둠이 나의 공포에 떠는 모습을 가려 주고 전법의 미숙과 결락을 덮어 주는 것 같아 빨리 밤의 어둠에 감싸이고 싶다고 생각했다.

이제 겨우 해가 저물고, 그래도 정확히 몇 시인지 알 수 없는 시각에 후미 안쪽의 마을 사람들이 와서 부대 밖의 작은 골짜기에 모여 있다고 알려 왔다. 사관실 사람만 5, 6명이 가 보니 마을 사람들은 모두 얼굴에 미소를 띠고 있었지만, 그것은 근육뿐이고 눈가는 긴장되어 있었다. 특공정이 어젯밤 출격한 채로 지금도 즉시대기중에 있다는 것을 알고 있는 눈치다. 이쪽의 시선을 따라 오며 거기서 눈을 떼지 않겠다는 집념이 보인다. 오늘밤에도 또 죽기 위해 출격하지 않으면 안되는 숙명의 우리들에게 눈물을 흘리는 것 같다. 그것은 이미 사자(死者)를 볼 때의 눈이라고 생각하고 심하다고 생각하면서도 육신에 전율이 울려 오는 느낌을 받았다. 하얀 이와 입가의 주름만으로 웃고 있는 그 얼굴은 아직 내일이 있다는 사실에 몸을 가누고 있는 것과는 달리, 시간의 흐름도 기상의 변화도 그대로는 받아들일 수 없는 나에게는 사람들의 모습이 과장해서 만들어진 인형의 머리와 그 몸처럼 보였다. 환경이 나를 대담하게 만든다. 그때 나를 규제할 수 있었던 것은 감각뿐이기 때문에 퇴폐의 늪은 언제나 바로 옆에 입을 벌리고 있었다. 어떤 요구도 그들 속에서 제자리를 얻을 것이라는 기대는 도리어 나를 불쾌하게 했다. 해협을 사이에 낀 반대편 섬의 비행대로부터 맡겨진 열 개 정도의 대형 폭탄을 숨겨둘 장소가 없어 그 골짜기 나무 밑의 수풀에 방치해 둬도 별로 이상한 일이라고 생각지 않는 삭막한 공기가 있었다. 마을 사람들 대부분은 알고 있었던 모양이지만, 그것은 착각이었는지 안면이 있는 사람은 일부러 찾아오지 않고 집에 남아 있는 것이 아닌가 하고 의심할 정도로 한 번도 보지 못한 얼굴이 많다고 생각했다. 그래도 열 몇 채의 작은 마을에 이렇게 많은 사람들이 있었던 것일까. 그 모두가 한 번 친했던 사람이 그 기억을 되살리는 것을 강요하는 것처럼 억지로 미소를 머금은 눈동자를 집중시켜 고정하려고 웅성대고 있다. 영양실조로 모두 하나같이 안색이 좋지 않고 몇 개의 덩어리가 되어 겹쳐지면 무시무시한 살풍경이 나타났다. 위문받아야 할 것은 오히려 어떤 특권도 없이 맨손으로 죽음의 공포에 시달리고 있는 그들인데, 그들은 얼마 남지 않은 쌀로 떡을 만들어 그것을 담은 상자를 가지고 와서 우리들 앞에 쌓았다. 모처럼 찾아온 위문인데 갑자기 작업이 생겨 대원 전체가 함께 할 수 없었기 때문에 대표자만 참석한 의미를 말하자 노인들 중에 눈시울을 적시며 눈물을 흘리는 사람이 있다는 것을 알았다. 부대 안의 동정은 어떤 비밀사항도 마을과 통하고 있는 것 같다. 어젯밤 일도 분명히 알고 있음에 틀림없다. 너무 야위어서 눈만 더 크고 까맣게 보이는 아이들이 전후사정도 모르고 동경의 눈빛을 반짝이며 어른들 사이에 끼어 방긋방긋 웃는 모습이 나를 감동시켰다. 여자들은 외출용 기모노를 입고 있었지만 시골 풍습 그대로 폭이 좁은 속띠로 대충 매고 게다(일본의 나막신―역자주)를 신지 않은 맨발의 모습이 사뭇 가슴속에 스며드는 것을 느꼈다. 한참을 보고 있으니 그중에 아는 얼굴들이 하나 둘 늘어났다. 그처럼 불안정한 것은 자신이 지금 처해 있는 상황이 매우 심각한 것인지도 모른다. 대부분의 사람들이 친분도 없고 본 적도 없는 남의 일처럼 멀게 느껴진다. 갑자기 낯선 얼굴로 보였던 것은 결국 잘 아는 얼굴이었기 때문에 모두 친하게 웃었던 것이 어쩌면 당연하다고 생각했다. 마침내 이 지방의 민속 노래와 춤이 펼쳐지고 반주에는 산신(三線 : 오키나와에 전해지는 현악기의 하나. 옛 오키나와의 고전음악과 민요 반주에 이용됨―역자주)을 갖고 온 사람이 그것을 대나무로 된 발목(撥木, pick)으로 팅기자 묘지 쪽으로 가는 잡초가 난 바닷가의 좁은 길이 눈앞에 떠오른다. 목을 조이며 내는 소리는 경험에 의해서가 아니면 능숙해질 수 없는 예민한 가락을 갖고 있고, 하나의 세계의 모양이 나타나 거기에 사람을 유도하려고 하는 힘을 갖고 있었다. 춤은 규칙이나 법칙이 없이 제멋대로 손발과 몸을 움직이면 되는 것 같아 별로 심취가 안되지만, 문득 눈을 크게 뜨고 보니 여자들이 남쪽 섬에서 태양에 그을려 단단해진 피부 위에 백분을 바른 것이 눈에 들어왔다. 그것은 피부에 맞지 않아 얼룩진 무늬를 만들어 내고 있었지만, 그것이 도리어 타인에 대한 봉사의 기분을 자아내 나를 사로잡았다. 유치하게 과장된 몸짓이 나를 세상의 원시림으로 데리고 가서 속박이 없는 야외의 군집 속에 있는 것 같은 착각을 느꼈다. 의식에서 해방된 자유로운 움직임을 나는 이상한 기분으로 보았지만, 거기에는 어렵고 복잡한 것이 없고 감정이 분열되고 정체되는 일도 없다. 구경꾼을 끌어 모으는 약장수의 저속한 유머가 있기 때문에 웃음으로 대답해야만 한다. 나는 그들에게 부대 안의 생활에는 그 어떤 때에도 이상한 흥분이 없다는 것을 꼭 보여 주고 싶다고 생각했다. 그 허세가 웃음의 진폭을 늘리고 그것은 또 다음 웃음을 끌어내 전후 사정이 매우 희미해지는 순간이 있었다. 그때 자신은 아무것에도 구속당하지 않는 유로감(流露感)을 경험하고 있다는 확신이 있었다. 얼룩진 화장과 맨발은 일종의 직접적인 친밀감을 낳아 모든 토속성에 친숙해지자 그들의 눈의 구조가 얼굴 생김새 중에서 특히 큰 비중을 갖고 눈만 따로 독립해서 얼굴 한가운데에서 우수를 머금고 부풀어 올라온다.

 갑자기 피부에 냉기를 느끼고 나는 눈을 떴다. 해가 완전히 진 것은 아니었지만, 어느새 하늘은 석양빛으로 물들어 있었다. 이제 이쯤에서 끝내야 된다고 생각하니 마을 사람들과의 사이에 놓여 있다고 느낀 다리가 재빨리 모습을 감추는 것을 알았다. 본래의 단절이 가로놓이고, 그것은 죽음과의 그것만큼이나 간격이 벌어져 있다. 내가 틀어박혀 있는 성채는 밑바닥이 없는 진흙탕에 둘러싸여 모든 도개교(跳開橋)를 당장 철거하려고 한다. 성채에 들어앉아 있으면 적기의 폭음을 아직 듣지 않았다는 것을 눈치채고, 방비대로부터는 그 후에 어떤 연락도 없었다는 것이 관심의 전면으로 떠오른다. 그것은 요사이 며칠 동안 바라지도 않는 평온인데, 나는 고독한 적막감을 느낀다. 그 적막감을 감추지 않고 야외의 연예회를 끝내야 한다고 말하자 달려드는 그들의 눈물에 젖은 체념의 눈빛에 나는 만족한 기분이 되었다. 마치 기다렸다는 듯이 태양이 급속히 기울기 시작하자 아이들은 마을로 돌아가기 위해 거룻배를 준비하여 가능한 한 많은 사람들을 태우고 저녁 무렵의 조용한 강 수면(水面)을 마을을 향해 직선으로 노저어 갔다. 배 안의 마을 사람들은 하나같이 떠나가는 강가에 남아 있는 우리들을 눈도 깜빡 하지 않고 바라보았다. 흘수(배의 아랫 부분이 물에 잠기는 깊이—역자주)가 얕기 때문에 겨우 뜰 수 있었던 판자 조각처럼 보이고, 황금빛을 더한 일몰 직전의 태양이 그들의 앞길에 정면으로 내리쬐었다. 저마다 표정을 드러내고 있는 각각의 얼굴은 분간이 되지 않았고, 금색 햇빛에 온통 반사된 몸이 서로에게 녹아들어 하나가 되어 한순간 윤곽만 강하게 떠올랐나 했더니 그들의 모습은 거무스름한 빛깔의 평온한 저녁 무렵 대기 속에서 가난하고 꿈이 소박한 생활이 기다리는 마을 쪽으로 녹아들어가고 그것을 언제까지나 바라보던 나는 이쪽 해안에 남겨졌다.

그날 밤 발진 명령을 받으면 나는 틀림없이 용감한 특공전을 할 수 있을 것이다. 어젯밤은 1년 반 동안 그날의 일을 예상하고 준비하고 있었는데 역시 동요했기 때문에 실망이 마음을 잠식했다. 불면 뒤의 두통을 남긴 채 잠에 취한 눈으로 탑승복을 입고 단추와 벨트를 차면서 엉거주춤한 자세로 함정을 타고 나가는 억울함이 있었다. 이승에 아직 뭔가 잔뜩 남겨둔 채 떠나는 소극적인 기분의 엇갈림이라고나 할까. 거기에는 전장(戰場)에 도착하기까지의 마음을 놓을 수 없는 시간 속에서 본래의 상태로 돌아가지 않으면 안되는 신뢰할 수 없는 구석이 있었다. 그러나 오늘밤은 다르다. 기묘한 하루 밤낮 동안에 홀대당한 감정에 잠겨 있었다. 그리고 살아남았다고 해도 앞으로 생활해야 할 날들의 단절로 둘러싸인 세계에서 이겨낼 수 있을 것 같지 않은 마음속도 보았다고 생각했다. 그래서 방공호 입구의 당직실에 방비대로부터 전화가 걸려와 요란하게 벨이 울리는 상황을 자신에게 부여해 본다. 아, 지금 울린 거야. 전령이 언덕길을 본부 쪽으로 뛰어 올라와 분명히 외친 거야. 방금 새로운 명령을 받았습니다. 각 특공대는 곧바로 발진하라. 전령은 지금 당장이라도 울 것 같은 표정을 짓지만, 나는 자신에게 스스로 물어 본다. 그럼 S중위, 자네는 도대체 어쩔 셈인가? 나는 대답할 것이다. 오늘 밤이라면 괜찮다. 왜냐하면 그 홍역 같은 발열 상태는 어젯밤 모두 그 과정을 예습해 버렸으니까. 오히려 발진이 대충 얼버무려진 뒤의 일상의 무게야말로 감당하기 어렵다. 죽음 속으로 돌진해 들어가면 과거의 모든 것으로부터 해방될 수 있지만, 일상에 머물러 있는 한은 과거로부터 인연을 끊을 수 없다. 나는 육체를 호되게 한 번 써 보고 싶다. 빛과 어둠, 철과 굉음, 그리고 살과 피가 교차해서 만들어 낸 위대한 미지의 영역에 발을 디디고 있는 그 이상 더할 나위 없는 도취의 한가운데서 죽음은 이 세상에서 받았던 모든 기능과 역할을 마감해 줄 것이다. 우리가 타고 있는 함정에 부여된 속력이 나의 육체를 마비시키고 의식을 잃으면서 흥분에 몸을 떨게 할 것이다. 그래도 적기(敵機)가 우리들 52척의 특공정이 야광충 불빛이 반짝거리는 함정 꼬리 부분에 긴 파도를 남기고 항해를 개시하고 있는 현장을 과연 눈감아 줄까. 적기가 우리 함정부대에 급강하 폭격을 시도하지 않는다는 것을 어떻게 보장할 수 있을까. 적기가 당연히 해야 할 일을 한다면 함정의 머리 부분에 가득 채운 230kg의 작약(炸藥)을 가진 특공병기는 반드시 반응해서 목표의 거대한 함선이 바로 눈앞에서 직각으로 덮쳐 오는 공포를 경험하지 않고 자기만 폭발해서 해상으로 산산이 흩어져 버릴 것은 분명하다. 그것은 말하자면 사고 같은 것이다. 사고는 죽음 직전의 공포를 제거해 주기 때문에 나는 쉽게 위엄에 찬 죽음을 자신의 것으로 할 수가 있다. 다시 생에 대한 집착이 일지 않는, 감정이 뒤틀리는 지금 이 순간에 출발하고 싶다. 분명 그것은 잘될 것 같다. 나는 목소리를 바꾸지 않고 전령에게 전원집합을 하도록 전달할 것이다. 지금은 더 이상 어떤 미련도 없다고 말할 수 있다. 도에에게는 편지를 써서 O마을로 나가는 공무병에게 부탁했으니까 평소와 같이 틀림없이 잘 전달될 것이다. 그 속에 쓴 평소와 다름없는 인사말이 그녀의 마음을 안심시킬 것이다. 가령 그녀의 마음을 더 혼란스럽게 했다 하더라도 내가 더 이상 무엇을 할 수 있겠는가. 도에에게는 어젯밤 일을 아무도 모르게 알려 주는 사람이 있어서 부대 밖 바닷가에서 만날 수 있었다. 나는 그 동안 그녀로부터 받은 편지를 한 다발 넣고 있었기 때문에 그것을 꺼내어 소재를 확인할 때마다 효과가 있어 만족하고 있었다. 그래도 그녀가 바로 옆에 와 있다는 통고를 받으면 지나온 기억이 되살아나려고 꿈틀거리며 몸이 붕 뜨는 것을 느꼈다. 출발준비를 완전히 마치고 발진이 개시되지 않은 채 특공병을 잠 재운 후에 외곽으로 나가 보면 죽음을 맞이할 복장을 하고 바지를 입고 칼을 가슴에 숨긴 도에가 어둠 속에 웅크리고 앉아 있었기 때문에 달려가서 감싸 안았다. 나는 연습이야 연습이야 하고 거듭 말하고, 그래도 발진 명령이 떨어질까 두려워 곧 그녀를 떠나 당직실로 돌아왔지만, 왠지 기운이 솟아나 몸의 세포 하나하나가 덩실덩실 춤을 추고 있는 충만감을 느꼈다. 비애는 정신을 푹 감싸고 있었지만, 180명의 집단으로부터 압력을 받으면 무엇보다도 육체의 긴장이 먼저 찾아올 것이다. 게다가 나를 향한 그녀의 응시를 여실히 확인할 수 있었던 것이 기뻤다. 그러나 출발하지 않은 채 하루가 덧없이 지나가고 다음 최초의 밤이 돌아온 것이다. 평생 설계한 계획들이 서로 잘 어우러져 그 어떤 부분도 지나칠 정도로 섬세해서 전체가 미묘한 균형을 이루고 있었지만, 오늘 밤 그 최후의 마무리할 순간이 왔다고 생각했다. 오늘 밤 출발하면 나의 생애는 그 마무리를 완수할 수 있다. 그녀의 눈물과 후미 안쪽 마을 여자들의 춤 속에 있는 표정과 동작이 이상한 정밀화의 한 장면이 되어 전체 구성을 돕고 있었다. 모두가 커다란 천을 뒤집어쓴 것 같은 슬픔 속에서 방긋방긋 웃으며 저 멀리 끝으로 멀어져 가지만, 장렬한 죽음에 찬가를 바치고 있었다. 그래도 만약 오늘 밤도 어젯밤처럼 우리들의 출발이 무시된다면 모든 것은 오히려 악화되고 썩기 시작할 것이다. 이러지도 저러지도 못하고 있는 우리들의 역할과 기능은 미수로 끝난 그 단면이 뜨뜻미지근하게 축 늘어져 일단 결빙되었기 때문에 한층 더 반발해서 손쓸 도리가 없는 증상을 보이게 될 것이다. 그리고 나는 바닷물이 낮을 때를 골라 한밤중에 눈을 떠서 지금까지 그렇게 해 온 것처럼 북문에서 외곽으로 나가 도에와 만날 것이다. 그것을 나는 거부할 수 없을 뿐만 아니라, 조수의 간만은 내 몸에 감응해서 거스를 수도 없다. 갈증이 그녀와 하나가 되기를 바라며 한참 고심하다 부대 밖으로 나와 그녀를 보는 데 성공해도, 만나본 그 순간부터 나의 거처는 그곳이 아니라고 생각하기를 반복할 것이다. 나의 의식은 둘로 나뉘어 어느쪽에도 전념할 수 없는 것이 부대 내부를 해이하게 만들어 버린다. 그것은 마침내 포화 상태에 다다를지도 모른다. 부자연스런 환경이 무리를 더해 왔지만, 결산을 해야 할 때는 반드시 찾아올 것이다. 소름이 돋는 최후의 장면, 그리고 사전에 확인이 안되는 그 공포를 달리 어떻게 할 수 있는 것도 아니지만, 그 돌격행위는 과거에 미수로 끝난 행위를 말소시켜 줄 것이라고 생각했다. 보상을 그날 전에 할인할 생각으로 돌입 순간에 내기를 건 것 같다.

방공호 속의 침상은 습기가 심할 뿐만 아니라, 그곳은 공습의 불쾌한 음향으로부터 차단되어 일단은 안전지대임에 틀림없었기 때문에 그곳에 들어가 있다는 것은 적어도 외견상으로 겁이 많다는 것을 나타냈다. 그래도 나는 혼자 텅빈 동굴 속에서 잠을 자면 마음이 편해졌다.

14일 밤도 방비대로부터의 연락은 좀처럼 오지 않고, 모두 평소의 일과로 돌아가 버렸다. 전날 밤에 일어난 일은 실제 사건이라고도 생각할 수 없다. 피곤에 지친 낮의 선잠에 꾼 악몽이 아니었을까. 어떤 현상도 마음에서 벗어나 있고, 보통 정신을 차리지 않으면 자신이 서 있는 곳조차 분간을 할 수 없을 것 같다. 처음에 살짝 싹을 보였던 예감이 시간과 함께 크게 부풀어 그것은 하나의 확신의 표정을 보이기 시작했다. 어쩌면 이 대기 상태는 바뀌지 않고 언제까지나 계속되는 게 아닌가. 적은 이런 섬 따위는 상대도 하지 않고 직접 본토로 향하는 작전을 개시하여 이곳은 이 전쟁의 소용돌이에서 제외되는 것은 아닌가. 사령관이 특공전 발동을 결의한 것은 대단한 일임에 틀림없기 때문에 그때 확실히 상륙해 올지도 모르는 적의 함단(艦團)이 접근했을 것이다. 그러나 목적은 이 섬에는 없기 때문에 그냥 지나쳐 버린 것이다. 그렇지 않다면 어째서 이런 정체 속에 빠졌겠는가. 사령관을 뒷받침하는 방비대 참모들은 어떤 전체적인 작전구상을 갖고 있었을까. 조금 냉정하게 생각하면 이 섬은 작전의 협곡에 빠져서 어떤 작전가치도 없다는 것을 아는 게 아닐까. 하지만 공포는 자꾸 이 섬으로만 빨려 들어오는 적의 함단을 만들어 낸다. 섬은 자기(磁氣)를 내포한 외딴 섬(孤島)이 되어 적의 전투력을 모두 흡수해 버릴 거라고 착각하게 만들었다. 그래도 참모들은 이 섬이 이 전쟁에 있어 무가치하다는 사실을 눈치챈 것은 아닐까. 그래서 그 후의 적의 동태에 관한 정보 제공에 냉담해진 것이 틀림없다.

한밤중이 가까워져서 겨우 연락이 왔지만, 그것은 특공전과는 조금도 관계가 없는 내용의 것이다. 각 파견부대의 지휘관은 15일 정오에 방비대로 집합하라. 필요하면 내화정(內火艇)으로 맞으러 나가도 좋은데 어떤가. 가령 오늘 하루 적기를 발견하지 않았다 해도 특공전이 한창 발동되고 있는 지금, 그것도 대낮에 방비대는 왜 내화정까지 내보내려고 하는 것일까. 왠지 그것은 나의 긴장을 비웃는 메아리를 남겼다. 성실한 태도를 요구하면서 거기에 응하면 너무 순진해서 웃음거리가 되는 세상의 방법으로 방비대는 자, 이제 죽으러 가라, 하고 부추긴 뒤, 뭐 그렇게 수난자 같은 표정을 하느냐고 나무라는 것 같다. 내 쪽에는 내화정을 돌릴 필요는 없을 것 같다. 나는 산길을 걸어갈 생각이다. 자신의 발로 흙을 밟으면서 물기를 짜낼 정도의 땀을 흘려 보고 싶다.

나는 도저히 졸음을 참을 수가 없어 호(壕) 안의 침상으로 가 누웠더니 곧 잠에 빠져 버렸다. 그것은 미늘창이 내려진 것 같은 깊은 잠이었지만, 새벽녘에 눈을 떴다. 바로 침상을 내려와 북문 밖으로 나오자 도에가 백주대낮에 전날부터 그렇게 하고 있었다고 생각되는 모습으로 모래사장에 딱 달라붙듯이 앉아 있었다. 나는 몇 번이나 반복해 온 똑같은 자세로 그녀를 쓰다듬으며 연습은 무사히 끝났다고 말하고, 빨리 마을로 돌아가 푹 잠을 자라고 권하고 나 자신도 다시 호(壕)의 침상으로 돌아와 습기에 몸을 쿡쿡 찔리면서 정신없이 잠을 더 잤다.

눈을 뜨자 8월 15일의 태양은 높이 떠오르고, 대원들의 밭일도 한낮의 햇빛에 나른해질 때가 되었다. 늦게 일어난 죄책감도 있고 잠에 취해 있는 사이에 중대한 순간을 놓친 것은 아닌가 하는 불안이 잠시 감돌았지만, 곧 자기 전의 상황과 어떤 변화도 보이지 않는다는 것을 알았다. 오늘도 적의 비행기는 나타나지 않은 것 같다. 이틀이나 계속해서 그 폭음이 들리지 않자 아무래도 거짓말이라고 생각하고 싶다. 뭔가 결정적인 변화가 전국(戰局)에 나타난 것이 아닌지. 그 생각은 호기심과 실망을 동시에 안겨 주었다. 작전의 협곡에 꽉 끼여서 이 섬은 관심의 대상에서 제외되고 몇 년 지나서 전쟁도 끝나고 그 혼란이 수습되었을 때 어떤 나라가 행정권을 확인하기 위해 찾아올지도 모른다는 망상을 하자 이상한 흥분이 솟아났다.

나는 늦은 아침 식사를 하는 둥 마는 둥 하고 방비대로 나갈 준비를 했다. 함정에 탈 때의 그것이 아니라 3종 군장에 각반을 두르고 어깨띠가 달린 검대(劍帶)만 차고 칼은 그것에 매달지 않고 손에 들었다.

후미 안쪽을 향해 당번병이 근무하고 있는 마을 근처의 남문 감시소를 나와 마을 쪽으로 걸어가자 몸도 마음도 가벼워진 자신을 느낀다. 해안가의 바위와 작은 골짜기, 그리고 산 밑의 밭이 용수나무와 알로에가 난 뱀처럼 꾸불꾸불한 좁은 길을 따라 바다 내음을 풍기며 눈앞에 펼쳐져 간다. 대오를 떠나 혼자가 되자 자신이 생활의 뿌리가 얕은 한 사람의 청년에 불과하다는 것을 알 수 있었다. 그리고 방비대에 도착하기까지의 1시간 동안 나는 완전히 해방되어 그 상태를 마음껏 향수할 수 있었다. 가령 내가 없는 대오에 발진 명령이 도착해도 내가 그것을 알 방법은 없고, 만약 전령이 뒤따라 왔을 때는 이미 방비대에 도착해 있을 것이다. 더구나 방비대로부터의 명령으로 그곳에 가는 것이기 때문에 대오를 떠난 것에 대해 문책당하는 일은 있을 수 없다. 몰염치한 생각이라도 그 해방감을 받아들이지 않을 수 없다. 도에를 만나기 위해 부대를 나올 때는 가속도가 붙어 이미 마음은 도에에게 가 있는 걸음걸이다. 그 기쁨 뒤에 전율과 갈증이 깊어지고 감당할 수 없는 무거운 짐이 몸과 마음에 얹혀졌지만, 방비대로 갈 때는 가벼운 한 마리 새와 같은 기분이 될 수 있었다. 도중의 가는 길과 시간을 천천히 음미하면서 칼을 빗장처럼 등 뒤에 차거나 또는 어깨에 메고 산속의 호수로 착각하는 후미 언저리의 꾸불꾸불한 길을 걸어갔다. 방비대의 내화정을 돌면 곧 저쪽에 도착하기 때문에 이 홀가분한 자유를 자신의 것으로 할 수는 없다고 생각했을 때, 어젯밤 내화정을 다짐받았을 때 퍼뜩 머리를 스쳐간 의심이 다시 한 번 발동했다. 적기의 내습이 더 심해진 요즘에는 한낮의 항행은 거의 피했다. 섬의 작은 나룻배로도 위험을 느껴 나가지 않게 되었을 때 더구나 다음날 출항 약속을 하자고 하는 것은 어찌된 일인가. 적의 언질로도 오늘 하루는 결코 찾아오지 않는다는 것을 안 후가 아니면 그런 대담한 행동을 할 수 없을 것이라는 생각까지 했다. 그때 나는 갑자기 좁고 어두운 곳에서 넓고 밝은 곳으로 나왔을 때의 기분이 되어 어떤 생각이 떠올랐다. 아군이 특별히 숨겨두고 있던 작전이 성공해서 적의 세력을 일본의 주변 섬들로부터 완전히 없애 버린 것이 아닌지. 오늘 그 일로 방비대에서는 새로운 전황에 의거한 작전을 재검토하는 회의가 열리는 것이 아닌지. 방비대로부터의 소집 때마다 언제나 뭔가 그때까지의 계획을 변경해야만 하는 희망적인 전개를 기대하고 나가도 대개는 굳이 소집하지 않아도 될 사소한 사항으로 끝나는 경우가 많았지만, 짜증을 내지 않고 그 다음 호출 때는 또다시 가슴에 기대를 품고 산길을 걸어가게 되었다. 그래도 이번 방비대의 태도에는 이상한 자신감이 내포되어 있었다.

마을의 인가(人家)는 간조 때 해수가 완전히 말라 버리는 장화코 비슷한 후미 안쪽을 빙 둘러싸고 열 몇 채가 흩어져 있었지만, 집 밖에는 사람 그림자를 찾아볼 수 없고 어디서 무엇을 하고 있는지 짐작조차 할 수가 없다. 공습이 두려워 수확이 늦어진 논의 벼들이 잡초처럼 키만 껑충 자란 채 옆으로 쓰러져 메뚜기와 서로 섞여서 아직 덜 마른 풋내를 발산하고 있다. 집집마다 기르던 돼지도 부대에서 새어나오는 부대 안의 동정에 당황하여 어느 날 모두 잡아서 먹어 버렸다. 만약 적이 상륙해 오면 마을의 형태와 사람들의 운명이 어떻게 될지 짐작이 가지 않는다. 그것은 특공전을 실제로 해 보기 전까지는 살짝 들여다볼 수도 없는 철벽 때문에 절망적인 미지의 저쪽으로 남겨진 것이다. 방비대의 육전 계획으로는 그때의 배치 계획도 세워져 있고, 특공대원이 다 나가 버린 뒤의 우리들 소대의 기지대와 정비대 대원들도 그 계획 속에 흡수되어 마을 사람들은 각각 따로따로 준비된 방공호에 수용된 후, 폭탄을 사용하여 자결할 것이라고 소문이 나 있었다. 좀 의심스런 일이지만, 그러한 일들이 매우 절박해진 지금에 와서도 확실한 회답을 얻을 수 있는 것은 아니다. 만약 무슨 일이 우리에게 다가오고 있다면 우리는 아비규환의 모습을 하게 될 것이다. 그러나 현실은 새로운 수법으로 예고 없이 찾아와 마음의 준비도 못한 채 죽음으로 실려 가게 될지도 모른다. 이제껏 살아오며 들어 본 적이 없는 이상한 매미 소리가 들려오고, 논의 냄새와 한여름의 열을 머금은 바람의 스침이 초등학생 시절의 여름방학을 상기시켜 자연은 충실하고 탄탄하게 통일되어 보이던 세계에 둘러싸여 있던 어린 시절의 자신의 감각이 지금 돌이킬 수 없는 후회처럼 되살아나는 것을 느꼈다. 확실한 기억 없이 어딘가를 걷고 있을 때, 갑자기 뒤쪽 목덜미를 잡혀 되끌려오는 충동을 느끼고 거미집을 칭칭 둘러친 임시방편용 망으로 참매미와 애매미를 잡아 걸면서 개미귀신과 땅거미를 종이상자에 넣어 단단히 조이던 어린 자신의 모습이 나타나 나를 위협했다. 무심코 주위를 돌아보았지만, 구부러졌기 때문에 그곳밖에 보이지 않는 후미 끝자락과 드문드문 서 있는 민가 등 지나온 쪽을 배경으로 한 길가의 논밖에 눈에 들어오지 않는다. 좁은 밭고랑이 곧 산길이 되어 양쪽의 산능선이 바짝 다가오기 직전의 바닥이 깊은 작은 골짜기가 합류하는 그 옆을 개간한 밭에서 늙은 부부가 묵묵히 일하고 있었다. 나는 멈춰 서서 두 사람에게 말을 걸었다.

"힘드시죠? 꼭 좋은 결실이 있을 겁니다."

구부렸던 등줄기를 펴면서 노부부는 아니라는 듯이 손을 흔들며 웃었지만, 말이 통하지 않아 자신들의 자식을 보는 것 같은 눈을 나에게로 향했다. 그것은 역시 어제 오후에 나를 본 마을 사람들의 눈이다. 어제도 사실은 이 노부부의 눈이었을지도 모른다. 그녀의 눈이 마을 사람들의 눈을 집약해서 나에게 쏟아지고 있었다. 노부부의 여러 자식들은 성장해서 모두 부모 곁을 떠나 아들 중에는 군대에 간 사람도 있었다. 나는 그중의 한 사람과 비슷해서 그들은 나에게 마음을 열어 보였다. 전황이 아직 긴박하지 않을 때 할 수 있었던 다 함께 웃고 즐기던 것은 이미 오래 전에 끊겨 버렸다. 그것은 내가 도에와 만나는 것에 대해 고심하게 된 시기를 전후로 할 것이다. 만약 출격하든가 또 다른 무슨 사고로 나의 신상에 변화가 일어난 후에 '그 사람은 우리들에게 말을 걸고 지나 갔다'라고 두 사람은 말할 것이다. '어깨에 칼을 차고 학생이 소풍이라도 갈 때처럼 방긋방긋 웃고 있었다. 우리들은 가슴이 메어 아무 말도 할 수 없었다. 그중의 둘째 아들과 너무 닮아서 남 같다는 생각이 들지 않았는데, 뻔히 보고 있으면서도 아무것도 해 줄 수가 없었다' 그것은 내가 마음대로 만들어 낸 말일 뿐이다. 누가 뭐래도 연로한 두 사람의 모습은 자신을 닮은 긴 얼굴이기 때문에 감각이 있는 부분이 온화하게 억제되어 편안한 느낌을 주었다. 산은 얕아도 명암의 요소는 대충 갖추고 있기 때문에 양지와 그늘이 서로 얽혀 있었고, 나는 땀을 흠뻑 흘리며 경사로를 올랐다. 이름도 모르는 새울음 소리가 자신의 자유로운 처지를 자랑하듯, 내 귀에는 희귀한 그 음색이 매우 유쾌하게 들린다. 그러나 등에 짊어지는 바구니 끈을 이마에 동여매고 땅을 보면서 산을 넘어 오는 맨발의 처녀들과는 마주치지 않는다. 산속을 혼자서 걸으면 외계인 자연의 음향과 의식의 내부에서의 라셀음(호흡기에 이상이 생겼을 때 청진기를 통해 들리는 특이한 호흡음—역자주)이 그 접촉점에서 삐걱거리는 소리를 내며 그 귀울림 같은 폐쇄된 기분에서는 이대로 어딘가로 도망가는 착각이 일어났다. 조금 전에 만났던 노부부가 노쇠한 허리를 펴며 나를 보던 모습이 최후의 목격자의 눈이 되어 남는 것 같지만, 그것에 힐난의 기색은 없고 영구히 입을 다문 채로 애처로운 기색을 띠고 끝까지 따라온다. 큰고랭이가 심어진 밭 옆을 통과했을 때, 달아나 버린 꿈의 꼬리를 우연히 잡은 것처럼 내화정의 수수께끼가 풀리는 듯했다. 막혔던 마개가 갑자기 펑 하고 열리면서 물이 튀는 것처럼, 전쟁은 끝난 건지도 모른다는 생각이 들었다. 어떻게 끝났는지는 상상도 할 수 없지만, 아무튼 그것은 끝난 게 아닌가. 따라서 공습의 필요도 없어지고, 방비대의 내화정을 반대편 섬에 다니는 정기발동선처럼 대낮에도 해협에 내보낼 수 있는 것이다. 끝났다, 끝났어 하고 뭉게뭉게 피어오르는 연기 같은 것이 가슴을 치고 올라와 나도 모르게 빙그레 웃음이 나와 입을 다물려고 해도 다물어지지 않는다. 몸 속의 독소를 뿜어 내지 않으면 그것은 멈추지 않는다고 생각하고 잠시 소리를 내지 않고 혼자 웃으며 걸었다. 나는 살아남을지도 모른다고 생각하자 근육의 마디마디가 춤을 추기 시작한 것처럼 몸이 뜨겁고 중심에 두꺼운 굴대(회전축)가 들어서서 도에가 옆에 왔거나 혹은 누군가에게 들킨 것 같은 그런 느낌이 들어 무심코 앞뒤를 돌아보았지만 아무도 없는 것 같다. 어쩐지 자신이 마음에 안 들었지만, 연달아 치밀어 오르는 충동을 어찌하지 못하고 날이 선

채로 칼을 휘두르듯이 웃음을 지우지 못하고 위쪽으로 올라가 보았다. 속에서 나오려고 하는 고함 소리를 겨우 진정시키고, 계속 땀을 흘려 호흡이 어려워지자 그때서야 웃음이 멎었다. 몸 전체를 감싸오는 여성적인 것이 착 달라붙어 도에가 쭉 뒤를 쫓아오는 것 같다. 그러나 한바탕 바닷바람이 지나간 뒤에는 그 생각이 어디서 솟아났는지 짐작도 할 수 없었다. 나의 주어진 임무는 특공정 사용에 있기 때문에 전황이 좋은 쪽으로 타개되었다 하더라도, 다만 기지가 이동해서 좀더 전선(前線)으로 나갈 뿐이다. 그것의 사용이 전혀 필요치 않을 정도의 결정적인 호전은 아무리 생각해도 찾아올 것 같지 않다. 그러자 다시 아연 같은 것이 몸에 가라앉아 무슨 전조(前兆)가 아닌가 하고 불안해져 걸음을 재촉했다. 가 보니 그곳은 푸른 바다 들녘이라고 하는 우려가 마음 밑바닥에 가라앉아 있어서 마음에 파도가 일면 표면으로 떠오른다.

적토(赤土)의 급한 오르막길이 S마을로 내려가자 마을 주민들을 소개시켜 놓은 오두막집이 제일 먼저 시야에 들어와 보아서는 안되는 장소를 몰래 들여다본 기분이었다. 확실한 가림막이 없이 취사 후의 폐수와 분뇨에 침식당한 노골적이면서도 친숙한 노출이 그 옆을 지나는 사람에게 자극을 주었다. 경사를 완전히 벗어나 S마을의 논 전체를 전망할 수 있는 곳으로 나와 나는 분명히 평소와 다른 모습을 보았다. 그것은 오히려 평상시로 돌아갔다고 하는 편이 맞을 것이다. 지금까지 평상시라고 보았던 것은 공습이 두려워 논의 경작자가 나오지 않기 때문에 황폐하게 버려진 이상한 전원 풍경이었다. 또 마을에서 떨어진 해안에 안벽(岸壁)을 쌓아 막사와 연병장과 선창을 가진 해군 방비대가 있기 때문에 몇 번이나 폭격을 당해 여기저기 폭탄으로 패인 달 표면을 연상케 하는 마마자국이 생겼지만, 정지(整地)되지 않은 채 그대로 방치되어 있었다. 그 논에 지금 사람들이 들어가 명절 때의 축제 같은 분위기 속에서 늦은 가을걷이를 하고 있었다. 그 당연한 일이 그곳을 두고 예상했던 사람이 아무도 없는 풍경과 겹치지 않고 사람들이 점점이 흩어져 있는 것이 쓰레기로 보여 오히려 가슴이 덜컥하는 이상한 정경이 그곳에 전개되어 있다고 느낀 것이 더 이상하다. 총탄을 맞은 흔적에도 개의치않고 무작정 들어가 어떤 위험도 느끼지 않는 모습도 더욱더 이상했다. 약간은 될 대로 되라는 태도로 불만을 분출시키는 면이 있는가 하면, 공습이 두려워 군인들에게 허리를 굽히며 굽신거리던 모습과 서로 겹치지 않는 부분이 나타나 있었다. 남쪽 태양에 까맣게 탄 윤곽이 뚜렷한 용모와 털이 많이 난 손발의 튼튼한 골격이 말이 통하지 않는 지방 사람과의 거리감을 새삼 느끼게 했다. 그런데 무슨 일이 일어난 것일까. 지금까지 본 적이 없는 그들의 그런 무관심한 표정이 나를 위협했다. 불발탄이 논 안에 있을지도 모른다는 우려도 그것에 일조했다. 그것은 저 상전벽해(桑田碧海)와 같은 큰 변화를 피하고 싶은 마음과도 관련된 것이다. 의식의 저 밑바닥에서 무엇을 이해했는지 알 수 없지만, 자신의 군장(軍裝)한 모습이 우스운 형상으로 눈앞에 떠올라 그것에 대한 염려와 연결되는 감정의 단서에서 가벼운 한기를 느꼈다. 좀 빠른 걸음으로 논을 가로질러 마을로 들어가지 않고 방비대 정문으로 통하는 넓은 도로로 나오는 모퉁이에서 나는 또다시 이상한 휘청거림과 부딪쳤다. 그것은 그 옆의 고사포대(高射砲臺)에서 위장을 위해 머리에 쓰고 있던 생나무 가지를 벗어 던진 채 4, 5명의 작업원이 대좌(臺座) 주변을 파내고 있었다. 그 모습은 단정하게 정리된 것이 아니라 될 대로 되라는 식의 흐트러짐이 노골적으로 나타나 있었다. 그것을 제멋대로라고 생각했을 때, 어쩐 일인지 일본은 항복했다는 생각이 나를 강타했다. 고갯마루로 가는 오르막길에서 갑자기 구토를 느끼게 하는 체감을 다시 떠올리며 두 가지가 겹쳐져서, 그 순간을 피하려고 하는 나의 나약한 두뇌에 진실을 무리하게 강요하는 이상한 정신 상태를 일으켰다. 그래도 사태는 경험을 뛰어넘어 밖으로 비집고 나와 있어 잘 이해가 되지 않는다. 일본의 항복이 있을 수 있다고는 생각하지 않지만, 또 그렇게 생각하지 않으면 이 말할 수 없는 이상한 냄새로 가득 찬 광경의 이유를 알 수가 없다. 특별히 뭐라고 항복 사실을 말로 표현한 것은 아니지만, 과거가 그곳에서 골절상을 입어 더러운 육체와 영혼을 드러낸 양상은 상상도 할 수 없다. 하나의 좌절의 광경을 말해 주고 있었다. 졌다, 졌어, 졌어 하며 출구를 찾지 못하고 머리속을 헤매는 생각과 함께, 이상한 것은 살아남았다는 실감이 현재 내가 있는 장소를 확인하고 나서야 비로소 볼에 웃음을 띠게 되었다. 오르막길에서 마구 올라오던 에너지가 다시 솟아나 볼에 배어 나오는 웃음을 억제하는 데 이상한 고통을 수반하면서 방비대 정문을 들어섰지만, 방비대 안의 모습은 특별히 달라진 것 같지 않다. 역시 자신은 뭔가 앞질러 간 환상에 사로잡힌 게 아닌가 하는 의심스런 눈으로 막사 뒤쪽의 한 구석에서 오랫동안 끊기지 않고 피어 오르는 한 줄기 그은 연기가 보였다. 그러자 또다시 그 이상한 확신이 솟아나 훤히 내다보이는 연병장으로 나오자 그곳에 우두커니 서 있는 항해장(航海長)을 발견했다. 나는 그 옆으로 달려가 결국 손들었더군요, 하고 말해 보고 싶은 생각이 들었다. 소집에 응하기 전에는 어떤 외국 항선의 선장을 했던 예비사관인 그에게는 평소에는 농담을

해 볼 수도 있었다. 어쩌면 그쪽에서 농담처럼 자네 구사일생한 줄 알아, 하고 말을 걸어 올 것 같은 느낌도 들었다. 그래도 나를 발견한 그의 표정은 험상하고 심각해서 무심코 나도 표정이 굳어지며 경솔하게 다가가는 것이 주저되어 보조를 바꾸지 않고 황새걸음으로 다가갔더니 그는 쏘아보듯이 쳐다보며 나의 접근을 허용했다. 그가 무엇을 생각하는지 모르지만, 지금 여기서 농담을 하며 웃는 두 사람이 다른 사람에게 발각될 것을 생각하니 역시 조금 남아 있던 웃음의 씨앗이 안으로 쑥 들어갔다. 그래도 평소 했던 대로 이해심 많은 연장자를 대하는 마음으로 경례를 하고 아무 말도 하지 않고 그 옆에 섰다.

"수고가 많네. 걸어서 왔나?" 하고 그는 말했다.

내가 그렇다는 대답을 하자 그는 시선을 떼어서 막사 뒤의 낭떠러지 쪽으로 눈을 돌렸다. 나는 연병장에서는 더욱 잘 보이는 연기나는 쪽으로 눈이 갔다. 한동안 아무 말 없이 각기 다른 방향을 보면서 두 사람은 서 있었다.

"큰일났다."

하고 그는 툭 한 마디 덧붙였다.

나는 예감과 망상일지도 모르는 감각으로만 생각하고 있었는데, 정확하게는 아직 아무것도 모른다. 그러나 직접 그 소식을 듣는 것은 어쩐지 주저되어 화제를 바꾸었다.

"오늘 소집은 무슨 일인가요?"

그러자 그는 내 눈을 뚫어지게 바라보며,

"정오에 천황폐하의 방송이 있을 것이다."

라고 하며 최후의 일격을 가하듯이 덧붙였다.

"무조건 항복이다."

무조건 항복이라고 나는 머리속으로 반추했다. 그것은 아이들 전쟁놀이나 대학 강의시간에도 들어 본 적이 없는 말이 아닌가. 그것이 지금 현실의 무게로 눈앞에 가로막고 서 있었다. 사실 내 귀는 그것을 예기하고 있었다. 다만 육성으로 분명히 그 말이 발음되자 감당할 수 없는 무게를 싣고 다가온다. 새삼 그것이 구체적으로는 어떤 의미를 갖는지 짐작이 가지 않는 혼미함에 부딪혔다. 그것은 조금씩 미지의 것에 대한 공포심의 표정으로 변모했다. 그것은 잘 모르지만, 현재의 전투태세로부터 완전히 탈출하기까지 얼마나 복잡한 번거로움을 거쳐야 하는가에 대한 우려이다. 아마 그곳을 아무 상처 없이 통과한다는 것은 불가능하지 않은가. 그중에서 단 한 번이라도 넘어지거나 좌절한다면 그것은 아마 죽음을 의미할 것이다. 조금 전까지는 공포에 시달리면서도 죽음만을 향하고 있던 생각이 힘없이 분열되어 살아남을 수 있을지도 모른다는 광선이 비쳐 들어왔다. 그리고 그 광선을 쐬자 몹시 목숨이 아까워지는데 다시 한 번 죽음 쪽으로 다시 얼굴을 돌려야 한다는 것은 어떤 것일까. 그렇게 생각하니 원래 혈색이 좋지 않은 얼굴이 반응해서 갑자기 파래진 것 같아 나는 몇 번이나 얼굴을 양손으로 훔치는 시늉을 했다. 방금 참고 억눌러 버린 웃음을 오히려 다시 한 번 불러내고 싶다고 생각했을 정도다. 등급을 매기듯이 찾아온 변조를 자신도 모르겠다.

  정오의 방송은 잡음이 많아 잘 듣지 못하고 끝났다. 잡음을 여기저기 기워 높고 낮게 귀에 익지 않은 부드러운 목소리가 한층 더 가공된 기분으로 나를 유도했다. 그 후 사령관이 다시 일본이 무조건 항복을 받아들였다는 사실을 전했다. 각 출선대(出先隊)의 지휘관은 그 사실을 각자의 대원들에게 전하고 경거망동하는 일이 없도록 주의를 받았다. 집합은 곧 해산되었지만, 나는 특공참모의 호출을 받았기 때문에 그의 방으로 갔다. 그는 평소의 표정을 보였지만, 이전보다 약간 부드러워진 것 같았다. 이전의 딱딱함에서는 전혀 상상할 수 없는 스스럼없는 태도가 나타나 있었다. 지금까지 그 앞에서는 병술에 미숙한 예비사관인 나의 속 모습들이 특히 더 드러났다. 그것에 반해 해군병학교의 훈련이 몸에 익은 야무진 그의 태도가 어깨에 두른 참모견장과 함께 군대의 위엄을 더욱 돋보이게 하고, 그것은 억제된 어떤 아름다움이 있어서 감히 거스를 수 없었는데. 아주 약간 스며 나온 지금까지 한 번도 보인 적이 없는 그의 과잉스런 응접이 나를 의아하게 만들었다. 그의 참모실을 종합상사 응접실로 착각하게 해서 아마 나의 태도 속에는 약간의 무례함이 섞여 있었겠지만, 그것은 반대로 이제부터 대오로 돌아가 항복 사실을 전하고 앞으로의 대처방안을 결정할 때 대원들로부터 나도 받게 될 것이다.

"사령관의 시달로 알았는데, 지금은 단지 전투를 중지한 상태라는 것이다. 따라서 만약 적이 불법으로 접근해 왔을 때는 돌격해야만 하는 상황이 발생한다는 것도 충분히 감안해 둬야 한다. 자네 부대의 특공정 말인데, 수고스럽지만 즉시대기 태세를 해제해서는 안된다. 이쪽에서 지시할 때까지 지금 상태 그대로 대기해 주기 바란다. 단, 신관은 뽑지 말고 그대로 두게."

라고 말하는 그를 나는 조용히 관찰할 수 있었다. 전에는 불가능했던 일이지만, 그것이 가능한 지금의 자신을 옛날의 이럴 때로 옮기고 싶다고 생각하면서 나는 어떤 시사를 받고 혈기를 잃어 가는 것에 신경이 쓰였던 자신의 볼에 다시 혈기가 돌아왔다는 생각을 했다. 그의 말로 계획되고 있는 것이 무엇인지를 알면서 긴장하고 폭주하려고 하는 또 하나의 자신을 달래며 점점 기개를 잃어 가는 과정을 맛보았다.

그것은 나도 장래에 자신의 방법으로 채용해야만 한다고 한쪽에서는 냉소적인 기분이 들면서도, 그 반면에 나는 그를 우호적으로 생각하고 그와 함께 조금 전까지는 붕괴되지 않았던 질서 속에서 금욕적인 특공작전에 몰두하고 싶다고 생각했다.

"그런데 말야, 이것은 아무래도 나를 믿어 주었으면 하는 건데, 자네들의 마음을 나는 충분히 이해할 수 있을 것 같다. 그래서 몰이해한 일방적인 처치는 절대 취하지 않을 생각이다. 어떤가, 어떤 일이든 사전에 나에게 상담해 주지 않겠는가? 미리 말해 두지만, 이것은 나만의 마음이다. 반드시 나쁘게는 하지 않을 것이다. 깊이 생각하고, 단독으로 결정하지 않도록. 어떤 일이든지 나를 믿고 상담해 주기 바란다."

그런 그의 말은 처음에는 무슨 뜻인지 알 수 없었지만 나중에 그 의미를 깨닫고는 속이 후련한 유쾌함이 찾아 왔지만, 의미를 알 수 없는 표정을 지우지 않고 조용히 그대로 듣고 있었다. 52척의 특공정을 맡고 있는 나의 대오가 이럴 때 어떻게 보이는지를 알고, 만약 그렇게 되면 나는 그를 위협할 수도 있는 입장에 서게 된다는 것이 일종의 만족감을 주었다. 나는 특공정을 이끌고 휴전을 무시하고 적진에 뛰어드는 일은 조금도 생각해 보지 않았지만, 그렇게 되면 그것이 가능하다는 것을 알고 묘한 기분에 사로잡혔다. 그래도 나는 본심을 그에게는 고백하지 않고 묵묵히 있었다.

특공참모와 헤어진 뒤 나는 그대로 곧장 귀대하는 것이 주저되었다. 어떤 순서로 대원들에게 이 급격한 변혁을 전달하면 좋을지 방법이 떠오르지 않는다. 만약 누군가 한 사람이라도 무기를 손에 들고 돌격의 결행을 강요하는 자가 있다면 그것을 어떻게 처리해야 하나. 만약 내가 거절하여 감정이 격앙돼서 칼로 치든가 권총이나 소총을 발포하는 일이 있으면 나는 그 때문에 쓰러져야 하는 걸까. 아니면 대항해서 사투(私鬪)를 벌일 수 있을까. 그 부분에 있어 마음의 결정을 하지 못하면 나는 대오로 돌아갈 수 없다. 나의 발길은 나도 모르게 예비사관 개인 집무실 쪽으로 향했다. 예비학생의 동기생은 함께 훈련을 받은 기간도 짧고, 또 입대 이전의 일반 학교에서의 각각의 학생이었기 때문에 그곳에서 청춘을 모두 바친 정도의 친밀한 감정은 없지만, 뭐니뭐니해도 성충이 되기 전의 번데기 기간을 내부로부터 서로에게 보여 준 약점을 공유하고 있다는 데 변함은 없다. 학급 내에서 잠시 머물렀던 각각의 위치는 실지부대로 이동한 후에도 완전히 바꾸어 버릴 수는 없다. 그것은 성인이 되고 나서 초등학교 급우를 만나 서로 거짓말하는 느낌과 비슷한 것이기 때문에 고립된 대오 안에서 익숙해져 있는 이 무렵의 나의 자세는 거슬러 올라간 과거의 그것에 맞추려고 하니 피곤함을 느꼈다. 그래도 지금은 그들 속에 들어가 어릴 때처럼 마구 재잘거리고 싶다고 생각했다. 그러나 그들 대부분은 나를 피하는 것처럼 보인 것은 내 기분 탓이었을까. 고사포대(高射砲臺)를 맡고 있던 한 사람은 권총을 닦고 있었다. 그는 방비대에 돌입해 온 적의 급강하 폭격기에도 자세를 굽히지 않고 몇 대를 쏘아 떨어뜨린 그 용기가 내 귀에도 전해졌을 뿐만 아니라, 예비학생 시절에도 환경에 굴하지 않는 떳떳함이 있어서 나는 그를 더욱 주시하고 있었다. 그는 전근 때처럼 흐트러진 개인 집무실 안에서 의자에 앉아 분해한 권총을 닦으면서 예비학생 시절에 습관이 붙은 2인칭을 사용하여 말했다.

"자네는 특공정을 맡고 있으니 부럽군."

대답을 못하고 있으니까,

"뭔가 계획하고 있다는 소문이던데. 할 건가?"

하고 거듭 말했기 때문에 나는 대답을 했다.

"아무것도 계획하는 건 없어. 내가 있는 곳은 권총도 없고, 230kg의 작약뿐이다. 그래도 아무것도 하지 않아."

"뭐, 그건 그렇다 치고. 아무튼 자네가 부러워."

그리고 빨리 돌아갈 것을 재촉하는 모양으로 손목을 강하게 내젓는 모습이 보였기 때문에 그와 헤어져 그곳을 나왔지만, 그 권총을 이용하여 그가 무엇을 하려고 했던 것인지 알 수는 없었다. 기범선대(機帆船隊)에 승선하고 있던 한 사람은 중도 포기한 대학에 다시 들어가 책을 많이 읽으며 살고 싶다고 말했다. 섬들간의 연락을 위해 최근까지 출항을 강요당했던 그의 배치야말로 지속적인 위험에 가장 많이 노출되어 있었다고 말할 수 있을지도 모른다. 그러나 방비대 소속인 그들은 이미 군대 조직 밖으로 내던져진 것과 같았다. 나는 아직 거기서 빠져 나오지 못했다. 지금부터 무조건 항복 사실을 전달하기 위해 돌아가야만 한다. 참모와 동료가 나를 향하고 있는 눈빛을 나는 자신의 대원들 쪽으로 돌려야만 한다.

내화정이 방비대 안벽(岸壁)을 떠난 잠시 동안 검은 연기가 길게 뻗어 있는 것이 보였다. 그것은 병사(病死)한 포로를 화장하는 연기라고 말하고 있었다. 마침내 자신의 대오가 있는 후미로 들어올 즈음에는 이미 주위는 황혼녘의 온화한 광선에 휩싸여 있었다.

선임장교 K특무소위가 외출에서 약속 시간을 무시하고 귀가한 남편을 맞이하는 아내의 표정으로 잔교(棧橋)에 서 있었다. 방비대에서의 모습을 제일 먼저 알고 싶어하던 그의 눈에 나는 전원집합을 요구하고 곧 본부의 내 방으로 들어갔다.

 후미의 저녁 무렵의 고요함은 집합 소동으로 갑자기 혼란스러웠지만 마침내 규칙적인 호령 후에 다시 원래의 정적으로 돌아갔다. 삼각지대의 요지 주변에 설치된 본부로부터 물가에 가까운 광장까지의 경사지에는 고구마가 경작되어 그 사이를 메꾸듯이 만들어진 소철을 가로수로 심은 오르막길이 전원이 집합한 장소로 나가는 내 앞에 가로놓여 있었다. 산호충 석회 골편 조각을 깐 광장은 180명의 대원들이 모이자 조금도 여유가 없어 물가와의 사이에 울타리를 이룰 만큼 빼곡히 나 있는 옥잠화와 알로에를 배경으로 해서 정렬한 대원들이 장방형 대형 속에서 얼굴을 맞대고 있었다. 그들 한 사람 한 사람이 예감이나 정보 속에서 어떤 사색에 빠져 있는지 내가 알 수는 없다. 준비된 대(臺)의 높이 의 전망에서 내려다보니 가속도로 어둠을 더해 오는 저녁 어스름 속에서도 아직 그 표정을 분명히 읽을 수 있었다. 그 어떤 얼굴에도 내가 지금 전달하려고 하는 말을 애타게 기다리는 뜨거운 집중이 있었다.

 "시달하겠다"라고 나는 시험 속에 몸을 맡기는 기분으로 말했다.

 "천황폐하께서 굴욕을 무릅쓰고 포츠담 선언을 수락할 것을 결의하시고 오늘 조서(詔書)를 발포하셨다. 결국 우리

나라는 적국에 대해 무조건 항복을 했다. 각 대오는 곧바로 전투행위를 정지해야만 한다."

대오 내부에 약간의 동요가 있었다. 뭔가를 기다리는 것처럼 나는 일단 거기서 말을 멈추었다. 정적이 이어지는 가운데 몇 명의 대원 얼굴이 개성을 떠올리게 하면서 내 의식 속으로 들어왔다. 그것은 젊은 사람과 나이든 사람이 교차되고 있었지만, 그 순간 후자의 얼굴에 안도의 색이 떠오른 것을 간과할 수 없었다. 그것은 곧 사라졌지만, 그 분위기는 대오를 서로 이어 붙여서 안개처럼 전체를 감쌌다고 느꼈다. 나는 그것을 예상하고 있지는 않았다. 몇몇의 개성이 예민한 저항감을 발효시키는 것도 감수할 수 있었지만, 그것은 몹시 고독한 모습을 하고 있었다.

"우리는 선전(宣戰)의 조칙에 따라 전쟁에 참가했다. 따라서 종전의 조칙이 내려진 이상, 그것에 따라야만 한다. 결코 개인적인 감정으로 경거망동해서는 안된다."

말을 하면서도 그것은 사기라고 속삭이는 자신이 있었다. 만약 여기서 조칙에 위반해서 특공출격 결의를 발표한다면 어떨까 하고 생각하는 자신도 있었다. 그러나 연배 대원들의 표정에는 안도의 한숨이 배어 나왔다. 나는 자신의 논리에 따르지 못하고 추락해 가는 느낌 속에서 무리하게 밀어내듯이 다음을 계속했다. "정식 강화 교섭이 언제 시작될지는 모르지만 상당히 오랜 기간 우리는 이대로의 생활을 계속해야 할 것 같으니까 당분간 종래대로의 일과를 행한다. 한 마디 더 덧붙이면, 특공전에 대한 즉시대기 태세는 아직 해제되지 않았으니까 착오 없도록. 신관도 삽입한 채로 그대로 둘 것. 전투정지라는 것은 어디까지나 잠정적인 것이므로 만약 적의 함대가 정식 교섭을 기다리지 않고 제멋대로 해협 안으로 침입해 오면 우리 대오는 곧바로 출격한다. 그런 각오로 마음을 해이하게 먹지 않도록."

지독한 피로가 나를 엄습하여 방의 침대에 누웠다. 염려한 사태의 어떤 징후도 없었기 때문에 그 한도 내에서 이제 생각할 것은 아무것도 없었는데 말할 수 없는 적요감이 퍼져 나가고 있었다. 시점(時點)이 이동해 버리면 상상하는 것조차 금지되어 있던 죽음 쪽으로 나아가지 않아도 되는 살아남을 수 있는 세계는 빛이 바래서 너무 흔한 것으로 시들어 버려 거기서 무조건 향수할 수 있다고 생각한 생의 충실은 손바닥의 손가락 사이로 빠져 나가 버린 것인가. 가장된 궤변이 나중에 구강을 자극해서 살아남으려고 부심하는 나를 지탱해 주는 강한 논리를 찾아낼 수가 없다. 전쟁과 군대에 적응하는 데 힘쓰고 그 속에서 한 가지 역할을 차지함으로써 만들어진 논리가 살아남음으로써 부정된다면 그것으로 그 이전의 원래 장소로 돌아갔다는 말인가. 그러나 그 생각은 나를 조금도 위로하지 못한다. 살아남기 위해 그때 적당히 선택하는 생각은 환경의 커다란 전환점마다 다시 선택해야만 하게 되고, 또 그것은 계속 반복될 것이다. 시시각각의 혐오감 속에서만 반응해 온 과거가 공습과 부딪쳤을 때의 상상과 항명이 두려워 그들 가능성을 자신의 의지의 결과로서가 아니라 자연 현상처럼 지나가 버리면 그 후에 공허가 남아 새로운 국면으로 나가 대처하는 에너지가 생겨나지 않는다.

늦은 저녁 식사가 준비되고 술도 나왔다. 식탁에 앉은 준사관 이상은 아직 서로를 정탐하는 시의심으로 눈을 내리뜨는 자세였다. 누가 뭐래도 거기에는 감출 수 없는 허탈이 있었다. 마침 전신원이 받은 정보가 발표되었을 때 선임장교가 입을 열고 억누르고 있던 기분을 모조리 털어놔 버렸다. 정보는 오이타(大分)에 있던 특공사령장관이 조칙 방송을 들은 후 자신의 1번기를 타고 그 밖에 더 8기를 따르게 해서 오키나와(沖繩)섬의 나카구스쿠(中城)만(灣)에서 최후의 특공 돌입을 개시했다는 소식을 전하고 있었다. 그것은 나에게 강한 충격을 주었다. 선임장교의 목소리가 무조건 항복이 너무 어이가 없다는 것과 일본정신의 진수라고 하는 야마토다마시이(大和魂 : 일본 민족 고유의 기개 또는 정신. 천황제에 있어서의 국수주의 사상, 그중에서도 특히 군국주의 사상이 바탕에 깔려 있다.—역자주)의 상실을 한탄하며 특공기로 많은 부하를 살해한 특공장관의 최후의 태도를 무사(武士)의 본보기라고 칭송했다. 취기가 그로 하여금 같은 말을 반복하게 할 즈음, 나는 옆에서 끼여들지 않을 수 없었다. "만약 무슨 일을 진심으로 결의하고 있는 자라면 아무 말도 하지 않고 조용히 있을 것이다." 그는 눈을 반짝거리며 아무 말도 하지 않고, 식당겸용 사관실에 거북한 공기가 흘러, 나는 내 방으로 돌아와 침대에 누워 있었다.

각 막사와 광장 주변에서도 술렁거림이 전달되어 마침 누군가가 큰 소리로 외치는 것이 들렸다. 효과가 없는 것이라고 알면서도 최후의 특공돌입을 개시할 자세는 나에게도 영광으로 감싸여 보였다. 그래도 그것을 말로 하면 위기를 빠져 나온 참혹함을 한층 더 배가시키는 것이 되므로 그렇게 할 수는 없다. 그것을 그가 자꾸 반복해서 말하니까 혐오감이 일어났다. 그것은 나의 지금까지의 방식에 대한 비난을 포함하고 있는 것 같았다. 거짓말이 적고 의지적인 그의 오점 없는 태도에 매료되면서 가장 강한 반발을 느낀다. 그러나 그가 좀더 강하게 나에게 반항해 오지 않은 것에 안심하면서 그를 평가하는 자신이 이해가 가지 않는다. 어쩌면 무사의 표본이라는 자신의 주특기를 방패로 해서 주어진 특공의 목적을 변경하지 않고 끝까지 일관하기 위해 나에게 돌입을 강요할지도 모른다고 생각했는데. 그러나 그는 그러지 않고 취기에 비틀거리며 울분을 발산했을 뿐이다. 정체를 알 수 없는 하나의 비통이 대오를 엄습하고 있다는 사실을 나는 알아야만 한다.

깜빡 졸았다고 생각한 순간, 선임하사관이 허리를 구부리고 들어왔다.

"주무시는데 괜찮겠습니까?"

하고 그는 말했다. 평소의 점잖은 그와는 조금 다른 구석이 보였다. 술기운을 띤 몸을 휘청거리면서 침대 옆으로 와서 쭈그리고 앉아 감추고 있던 생각을 탁 털어놓는다는 식으로 이야기하기 시작했다.

"좀 취했지만 용서해 주십시오. 그래도 대장님께는 꼭 한 번 말씀드리고 싶다고 생각했습니다. 말씀드려도 괜찮겠습니까?"

하고 다짐을 받아 나는 상관없다고 말했다.

"우리들이 얼마나 고생을 해 왔는지 당신은 모릅니다. 지금 이렇게 제가 상등병조(舊 해군의 하사관—역자주)에까지 오르는 데 몇 년 걸렸다고 생각하십니까? 10년입니다. 10년이나 저는 군대라는 곳에서 청춘을 마모시킨 것입니다. 그리고 이제 겨우 상등병조입니다. 무엇보다도 당신에게 상등병조 따위는 아무것도 아니겠지요. 당신은 당신 자신은 모르겠지만, 제가 볼 때는 행복한 처지입니다. 아무 불편 없이 최고 학부를 나왔고. 그렇죠? 저는 알고 있습니다. 말해 볼까요? 아버님은 견직물 수출무역상을 하고 계시죠? 저는 대장님의 일은 뭐든지 알고 있습니다. 놀라셨습니까?"

"견직물 수출무역상이 아니다. 수출견직물상이다."

"아이구 저런, 틀렸습니까? 아무튼 부잣집 도련님임에는 틀림없습니다."

"그렇지 않아."

"그래도 저의 집과는 비교가 안됩니다. 저의 집은 초등학교 고등과에 보내 줄 여유도 없었습니다. 당신은 해군에 입대한 지 아직 2년도 되지 않았는데 대위로 승진할 시기가 왔으니까. 화는 내지 마십시오. 비위에 거슬리십니까? 하지만 이런 일은 아무것도 아닙니다. 일본은 패배했습니다. 제국 해군 따위는 다 날아가 버렸습니다. 해군 상등병조도 아무런 쓸모가 없게 되었습니다."

그가 들어와 이야기하기 시작했을 때, 나는 도에 이야기가 아닌가 했다. 언외(言外)로 은근히 그 말을 비출지도 모르지만, 확실하게는 나타내지 않았다.

"당신이니까 말합니다만, 사실은 이렇게 된다는 것을 나는 예상하고 있었습니다. 최근의 해군은 옛날의 제국 해군과는 완전히 그 모습이 달라졌습니다. 이 상태로는 절대로 전쟁에 이길 수 없습니다."

"나는 옛날 해군은 모른다."

"아니, 그것은 저도 대장님 뒤를 따라서 멋지게 돌격할 생각이었습니다. 그래도 어쩐지 이런 식으로 되는 게 아닌가 하고 예상하고 있었습니다. 저는 사실 군인 취향은 아닙니다. 이제부터 저는 집에 돌아가면 농사를 지으면서 좋아하는 발명 연구에 몰두하고 싶습니다."

"발명?"

하고 나는 되물었다.

"…발명입니다."

그는 눈을 반짝이며 말했지만, 무슨 발명인지 나에게는 말하지 않았다.

"지금도 작업하다 쉬는 시간에 틈틈이 연구를 하고 있었습니다. 저는 그것만 하고 있으면 다른 아무 즐거움도 필요 없습니다. 대장님은 모르셨습니까? 다 알고 계신다고 생각했는데. 좀더 자세히 부하의 신상을 알아 두시기 바랍니다. 저는 그 연구로 특허를 하나 갖고 있습니다. 확실하게 등록된 특허권입니다. 이번에 고향에 돌아가면 그것을 실용화하는 방법을 모색할 예정입니다. 마누라와 함께 그 일에 몰두할 생각입니다."

"그건 좋은 생각이야. 나는 뭘 해야 좋을지 모르겠어."

하고 나는 말했다.

"대장님, 당신은 돌아갈 수 있다는 생각으로 있는 겁니까?"

하고 그는 갑자기 소리를 죽여 말했다.

"…"

"이번 전쟁의 책임은 사관이 져야만 합니다. 하사관에게는 책임은 없습니다. 사관이란 그런 것입니다. 지금까지 사관에게는 그 정도의 특권이 주어져 왔으니까. 당신은 아무리 기간이 짧고 또 예비사관이라도 유감스럽지만 사관으로서의 책임을 져야 합니다. 게다가 미국측이 반드시 그것을 요구해 올 것입니다. 저는 오랫동안 군대에서 살아 왔기 때문에 그 점을 잘 압니다. 각오하고 계시지 않으면 안됩니다. 사관은 모두 처리될지도 모릅니다. 그렇지 않으면 이 정도로 큰 전쟁이 수습될 리가 없습니다."

그의 그 속삭이는 말은 묘하게 진실성이 있었다.

"저도 모르게 너무 긴 이야기를 했습니다. 모처럼 쉬시는데 방해해서 죄송합니다."

하고 보통의 목소리로 돌아온 그가 일어섰다.

"괜히 이상한 말씀을 드렸나 봐요. 너무 신경 쓰지 마십시오. 저는 이제부터 병대들이 이상한 짓을 하는지 어떤지 돌아 보고 오겠습니다. 그쪽은 걱정하지 마시고 저에게 맡겨

주십시오. 정말 실례가 많았습니다."

하고 그는 두세 번 허리를 굽혀 인사를 했다. 그리고 비틀거리는 걸음으로 입구까지 물러가 거기서 다시 한 번 깊게 허리를 굽혀 인사를 했다.

"그럼 편히 쉬십시오."

그는 그렇게 말하고 나갔다.

혼자 남게 된 나는 마음이 우울해졌다. 당돌하게 '독약을 들이키다' 라는 숙어가 떠오르기도 했다. 그것은 나에게 가능할 것 같았고, 또 자신에게 어울리는 어감이었다. 이렇게 해서 대오 내부의 지금까지의 질서가 무너져 가는 것이라고 생각하니 그 과정이 보이는 것 같았다. 그러자 칼을 빼들고 서로의 살을 베면서 피를 흘리는 광경이 생생하게 떠올랐다. 나는 침대에서 일어나 칼을 빼서 그것을 침대 안에 넣었다. 생각지도 못한 변화 속에서 어렵게 살아남을 수 있는 상황이 왔는데 그것을 완전히 자신의 손 안에 넣기까지는 역시 많은 난관이 가로놓여 있다는 사실에 낙담했다. 만약 칼을 뽑아야 할 때는 뽑자고 마음속으로 다짐했다. 권총은 갖고 있지 않지만 권총이 아닌 쪽이 그 경우 오히려 마음에 든다고 생각했다. 도에 생각을 잠깐 했지만, 미친 듯이 밤마다 찾아다니던 기분이 거짓말처럼 차분히 가라앉은 것을 발견했다. 오히려 일종의 평온함 속에 흡수되어 있는 게 아닌가 하고 생각했다. 칼을 가슴에 안고 그 칼집을 만지고 있으니 살벌한 기분이 솟아났다. 그런 기분을 이전에 원했었다고 생각했다. 하지만 이제 내일이 되면 무엇보다도 우선 특공정이라는 병기에서 신관을 뽑아내도록 해야겠다고 생각하면서 나는 잠자리에 들었다.

저자／시마오 도시오(島尾敏雄, 1917~1986)

가나가와 현(神奈川縣) 출생

규슈(九州)대학 문과 졸업

해군 예비학생으로서 수상(水上)특공 제18진양대 지휘관이 되어 1945년 8월 13일 출격명령을 받은 채 패전을 맞이함

쇼노 준조(庄野潤三)·미시마 유키오(三島由紀夫) 등과 「光耀」 결성, 『단독여행자』(1948)로 작가로서 출발

전쟁중의 체험을 『出孤島記』(1949)로 발표, 작가로서의 입지를 확립

평생 氣鬱과 싸우면서 다수의 명작을 남겼으나, 결국 '야포네시아' 남서제도에서 사망

작품 『出孤島記』, 『꿈속에서의 일상』, 『離島의 행복·離島의 불행』, 『섬의 끝』, 『죽음의 가시』, 『출발은 결국 찾아오지 않았다』 등

역자／김현희

인하대학교 일어일문학과 졸업

성신여자대학교 대학원 일어일문학과 졸업

한양대학교 일어일문학과 박사과정 재학중

현재 인하대학교 강사

논문 「아베코보(安部公房)의 『制服』에 관한 연구」
　　「아베코보의 『빨간 누에고치』에 대하여」
　　「아베코보의 『벽—S.카르마씨의 범죄』 연구」

한림신서 일본현대문학대표작선을 발간하면서

한림대학교 한림과학원 일본학연구소에서는 1995년에 광복 50년, 한일국교 정상화 30년을 기념하면서 일본학총서를 출간하기 시작했다. 그 성과에 대해서 한일 양국의 뜻있는 분들이 높이 평가해 주신 데 깊은 사의를 표한다.

본 연구소는 한국이 일본을 더욱 잘 알게 되고, 한일간의 문화교류가 활발해진다는 것이 한일 양국을 위하는 것일 뿐 아니라 21세기를 향한 동북아시아의 평화와 새로운 질서를 수립하는 데 크게 이바지한다고 생각한다. 그런 뜻에서 일본학총서도 발간해 왔던 것이다. 앞으로도 그 사업을 계속할 것이며 연륜을 더해감에 따라 큰 발자취를 남기게 될 것을 의심하지 않는다.

그런 확신을 가지고 지금까지 일본학총서 발간에 보내 주신 한일 양국 여러분의 성원에 보답하는 의미에서 여기에 새로이 한림신서 일본현대문학대표작선을 발간하기로 했다. 일본 문학은 이미 세계 문학사에서 확고한 자리를 차지하고 있다.

일본은 전통적으로 문학 속에 사상을 담아 왔기 때문에 일본 사회를 알기 위해서는 일본 문학을 알아야 한다고들 흔히 말한다. 그럼에도 불구하고 지금까지 상업성을 위주로 하는 일반적인 출판사업에서는 일본 문학의 전모를 알리기에는 어려운 사정이 많았던 것이 사실이다. 그러므로 본 연구소는 일본을 바로 이해하기 위하여, 한일간의 문화교류를 더욱 촉진하기 위하여 여기에 일본현대문학대표작선을 간행하기로 했다.

이러한 노력이 우리 문화발전에도 크게 이바지할 수 있기를 바라면서 일본에서도 한국 문화를 일본에 알리기 위한 노력이 일어나서 한일간에 새로운 세기를 좀더 밝게 전망할 수 있게 되기를 바란다.

여러분들의 계속적인 성원을 기대해 마지 않는다.

1997년 11월
한림대학교 한림과학원 일본학연구소